I0724989

AUSERKORENE GEFÄHRTIN – EINE LÖWENSHIFTER ROMANZE

CATAMOUNT LÖWENSHIFTER REIHE, BUCH 4

J.H. CROIX

Copyright-Informationen

Dies ist ein Werk der Fiktion. Namen, Personen, Unternehmen, Orte, Ereignisse und Begebenheiten sind entweder der Phantasie der Autorin entsprungen oder werden fiktiv verwendet. Jede Ähnlichkeit mit tatsächlichen lebenden oder toten Personen oder tatsächlichen Ereignissen ist rein zufällig.

Urheberrecht © 2024 J.H. Croix

Alle Rechte vorbehalten.

Die Originalausgabe erschien 2016 unter dem Titel "Destined Mate".

Übersetzung: Aus dem Englischen von Stephan Waba

Umschlaggestaltung: CT Cover Creations

Das Werk, einschließlich seiner Teile, ist urheberrechtlich geschützt. Jede Verwertung ist ohne Zustimmung des Verlages und des Autors unzulässig. Dies gilt insbesondere für die elektronische oder sonstige Vervielfältigung, Übersetzung, Verbreitung und öffentliche Zugänglichmachung.

Kein Teil dieses Buches darf in irgendeiner Form oder mit irgendwelchen elektronischen oder mechanischen Mitteln, einschließlich Informationsspeicher- und -abrufsystemen, ohne schriftliche Genehmigung des Autors vervielfältigt werden, es sei denn, es handelt sich um kurze Zitate in einer Buchbesprechung.

Autor: J.H. Croix

Contact details: https://jhcroixauthor.com/website-support/

❀ Erstellt mit Vellum

Vor Jahrhunderten flüchteten sich die Berglöwen in den nördlichen Appalachen immer tiefer in die Berge, um sich davor zu schützen, dass die Menschen immer weiter in ihr riesiges Revier vorstießen. Sie entwickelten die Fähigkeit, sich von einem Menschen in einen Berglöwen und wieder zurück zu wandeln, um ihre Art vor dem Aussterben zu bewahren, während sie unbemerkt weiterleben konnten. So hielten alle Leute diese imposanten Wildkatzen für eine bloße eine Legende. Berichte über Sichtungen wurden als kühne Gerüchte abgetan. Als eine Unmöglichkeit. Bis eines Abends auf einer stark befahrenen Straße ein Auto in der Dunkelheit ein Tier erfasste. Das war die erste bestätigte Sichtung eines Berglöwen im Osten seit fast fünfundsiebzig Jahren. Die Wildkatze verstarb, ihr einzigartiges Leben war von einem Auto ausgelöscht worden. Doch dieser Berglöwe war kein gewöhnlicher Berglöwe. Die Autopsie ergab, dass es sich tatsächlich um einen Berglöwen gehandelt hatte und dass dieser Löwe vermutlich über 2.000 Kilometer von South Dakota aus zurückgelegt hatte – die längste bekannte Wanderung eines solchen Tieres. In Catamount, Maine, lebten die

Shifter mitten unter den Menschen und schützten ihre Art seit Jahrhunderten erfolgreich. Bis einer der ihren einen unwahrscheinlichen Tod fand und sie von einer Bedrohung für ihre Art erfahren mussten.

KAPITEL EINS

Shana Ashworth biss die Zähne zusammen, als ihr der Boden unter den Füßen weggezogen wurde und sie auf der eisglatten Straße ausrutschte. Sie konnte sich ein Aufstöhnen nicht verkneifen, als sie mit der Hüfte auf den Asphalt knallte. Ein heftiger Schmerz durchzuckte sie. Unsanft landete sie im Gestrüpp eines Strauches neben der Straße. Ein Strauch, der zufällig eine Wildrose war, die an ihren kahlen Zweigen jede Menge Dornen besaß. Dieser Morgen zu Frühlingsbeginn hatte sie zum Laufen verführt, und jetzt musste sie ihren Preis dafür zahlen.

In der kühlen Luft verwandelte sich ihr Atem in feinen Nebel. Sie konnte sich nicht mehr bewegen. Der kahle Boden lugte aus der verbleibenden Schneedecke hervor. Sie stützte sich auf ihre Hände, der eisige Weg war durch ihre Handschuhe hindurch kalt. Mit einem Seufzen blickte sie sich um. Im Augenblick war sie zum Glück allein, obwohl sie sich fast im Zentrum der Stadt befand. Sie neigte ihr Gesicht zum Himmel und genoss die warme Sonne. An den Bäumen zeigten sich Knospen und die Vögel zwitscherten wie verrückt. Eigentlich war der Frühling schon da, aber es würde noch ein paar Wochen dauern, bis der letzte Schnee verschwunden war. Der Winter hielt sich normalerweise hartnäckig in Maine. Sobald er aber seinen Griff gelöst hatte, war der Übergang zum Frühling herrlich.

Behutsam verlagerte sie ihr Gewicht und streckte ihre Beine aus. Dornige Zweige hatten sich im Stoff ihrer Laufhose verfangen. Sie riss sie los und nahm all ihre Kraft zusammen, um aufzustehen. Sie war nur noch einen Block von Roxanne's Country Store entfernt. Als sie es geschafft hatte, wieder auf die Beine zu kommen, überlegte sie, ob sie bei Roxanne's eine Pause einlegen sollte, bevor sie versuchte, nach Hause zu laufen.

Nach einem kurzen Fußmarsch, bei dem ihre Hüfte den Großteil des Weges heftig schmerzte, lief Shana den Gang entlang in Richtung des Cafés im hinteren Teil des Ladens. Es war noch früh, aber das Geschäft war bereits gut besucht. Sie schob den Schmerz in ihrer Hüfte beiseite. Im vergangenen Winter war sie darin Meisterin geworden, Schmerzen zu ignorieren, nachdem ihr Leben im letzten Jahr aus den Fugen geraten war.

Roxanne schenkte ihr ein Grinsen, als Shana den Tresen erreichte. „Kaffee?"

Auf Shanas Nicken hin wandte sich Roxanne ab, um den Kaffee zuzubereiten. Roxanne war eine enge Freundin und die Besitzerin des Ladens. Schnell füllte sie einen Becher zum Mitnehmen und reichte ihn Shana. „Morgenlauf?", fragte sie.

„Ja. Nicht gerade die beste Idee. Im Schatten ist es ganz schön glatt, und ich bin ausgerutscht. Ich wollte mich hier ein bisschen ausruhen, bevor ich nach Hause zurücklaufe", antwortete Shana.

„Ich würde dich ja hinfahren, aber ich bin bislang die Einzige hier." Roxannes Blick löste sich von Shana und wanderte über Shanas Schulter. „Verdammt! Hast du vielleicht eine Ahnung, wer das ist?"

Shana drehte sich um und verschluckte sich fast an dem Kaffee, den sie gerade zu sich genommen hatte. Ihr Puls schoss in die Höhe. Der Mann, der den Coffeeshop betrat, war Hayden Thorne, mit dem hatte sie nun wirklich nicht gerechnet. Ihr Magen kribbelte und ihr wurde ganz heiß.

Als Hayden seine Sonnenbrille abnahm, traf sein Blick aus seinen karamellfarbenen Augen den ihren. Ein Hauch von Überraschung spiegelte sich in seinen Augen wider, das Einzige, was ihr einen winzigen Anflug von Erleichterung verschaffte. Er steuerte mit langen und kräftigen Schritten auf sie zu. Er war groß und schlaksig und seine Haare passten farblich hervorragend zu seinen Augen.

„Hey Shana, wie schön, gleich ein bekanntes Gesicht zu sehen", begrüßte Hayden sie.

Ihr Gesicht glühte, aber sie schaffte es, zu nicken. In der kurzen Stille meldete sich Roxanne zu Wort. „Und wer bist du?"

Haydens Blick wanderte zu Roxanne. Dann trat er einen Schritt näher an den Tresen heran. „Hayden Thorne. Ich bin zu Besuch aus Montana hier. Ich habe Shana letztes Jahr kennengelernt, als sie dort war."

Roxanne nickte verstehend und musterte ihn. „Aha. Willkommen in Catamount. Ich bin Roxanne. Du bist gerade erst in der Stadt angekommen und hast schon den passenden Ort gefunden, um einen kleinen Zwischenstopp einzulegen. Kann ich dir einen Kaffee anbieten?"

„Kaffee wäre großartig", antwortet Hayden mit

einem Lächeln. „Freut mich sehr, dich kennenzulernen.“

„Gleichfalls“, grinste Roxanne und wandte sich ab. Sie goss Hayden schnell eine Tasse Kaffee ein, als ein paar weitere Kunden an den Tresen traten. Roxanne blickte zu Hayden. „Ich bin leider gerade etwas zu beschäftigt, um mich weiter zu unterhalten, aber komm doch jederzeit wieder vorbei.“ Ihr Blick schweifte zwischen Shana und Hayden hin und her. „Vielleicht kannst du Shana nach Hause fahren. Sie ist bei ihrem morgendlichen Lauf gestürzt.“

Shana errötete und stieß einen leisen Fluch aus. Roxanne mischte sich manchmal ein wenig ein. Noch bevor Shana etwas erwidern konnte, war Roxanne schon wieder weg und kümmerte sich um die Bestellung des nächsten Kunden. Shana setzte ein höfliches Lächeln auf, als sie sich an Hayden wandte.

„Du brauchst mich nicht mitzunehmen. Ich wollte bloß eine kleine Pause einlegen, bevor ich meinen Lauf zu Ende bringe.“ Sie versuchte, das elektrisierende Kribbeln in ihrem Körper zu unterdrücken, als Haydens Blick auf ihr landete.

„Das macht mir doch nichts aus. Ich habe ohnehin keine Ahnung, wo ich eigentlich hinmuss. Du könntest mir mit der Wegbeschreibung helfen.“ Bevor sie antworten konnte, fuhr Hayden fort. „Hat Dane eigentlich erwähnt, dass ich zu Besuch komme?“

Nein, ihr älterer Bruder hatte ihr ganz bestimmt nichts davon erzählt. Aber Dane und die meisten ihrer Freunde versuchten weiterhin, sie von allem fernzuhalten, was mit dem Durcheinander zu tun hatte, das ihr verstorbener Mann, Callen Peyton, hinterlassen hatte. Hayden Thorne war ein Berglöwenshifter aus Montana, der für das FBI arbeitete. Er war ihr eine große Hilfe gewesen, als sie letztes Jahr dorthin aufge brochen war, um hinter die Geheimnisse zu kommen, die Callen bis zu seinem Tod auf einem Highway in Connecticut verborgen hatte. Dass ein Berglöwe auf einem Highway in Connecticut von einem Auto angefahren worden war, war eine Sensation, wie auch immer man die Sache drehte und wendete. Im Osten galten Berglöwen seit einem halben Jahrhundert als ausgestorben, obwohl es immer wieder Gerüchte gab, dass sie noch lebten.

Callens Tod hatte für Schlagzeilen gesorgt, weil es sich dabei um die erste bestätigte Sichtung eines Berglöwen im Osten seit über fünfundsiebzig Jahren gehandelt hatte. Doch nur die Shifter aus Catamount kannten die Wahrheit. Berglöwen hatten sich zu Shiftern weiterentwickelt, die sich nach Belieben von einem Löwen in einen Menschen verwandeln konnten. Catamount, im Bundesstaat Maine, war eine ihrer Hochburgen im Osten. Shana stammte aus einer Familie von Shiftern und hatte Callen Peyton geheiratet, weil alle ihr das geraten hatten. Hätte sie doch bloß auf ihr Herz gehört, dann hätte sie sich nicht wie eine Idiotin gefühlt, als sie herausgefunden hatte, dass Callen in ein Netzwerk von Drogenschmugglern verwickelt war und versucht hatte, die Dienste der Shifter aus Catamount an den Meistbietenden zu verkaufen. Seine Bemühungen hatten ihn schließlich das Leben gekostet, nachdem er mit einer geradezu törichten Aktion beweisen wollte, dass Shifter in Löwengestalt sich gefahrlos durch die belebteren Gegenden des Nordostens bewegen konnten.

„Shana?"

Sie wandte ihren Blick zu Hayden und verwünschte sich selbst. In Gegenwart des einzigen Mannes, der das Eis um ihr Herz auftauen konnte, war sie völlig abgedriftet.

„Äh, nein. Dane hat nichts davon erwähnt, dass du zu Besuch kommst." Sie rang darum, noch irgendetwas hinzuzufügen, aber offenbar war sie nicht mehr in der Lage, ein ungezwungenes Gespräch zu führen. Sie stieß sich von der Theke ab und bewegte sich auf einen Tisch zu. Doch beim Versuch, ihre verletzte Hüfte zu belasten, kam sie ins Stocken.

Hayden machte einen Schritt auf sie zu. „Sieht ganz so aus, als sollte ich dich doch mitnehmen. Wie wäre es mit ...".

Sie unterbrach ihn. „Ich komme schon klar, bin nur ein bisschen auf dem Eis ausgerutscht." Ihre Hüfte pochte zwar heftig, aber der schenkte sie keine Beachtung.

Haydens Blick schweifte prüfend über sie hinweg. Er sah so aus, als wollte er noch etwas sagen, bis er ihrem Blick begegnete. Was immer er dort auch gesehen hatte, änderte seine Meinung. „Trotzdem ist es doch ätzend, auf dem kalten Boden hinzufallen."

Shanas Herz klopfte heftig. Eine Fahrt nach Hause wäre schön und wesentlich angenehmer, als viereinhalb Kilometer bergauf zu laufen, um dorthin zu kommen.

„Oh, richtig. Ähm, klar. Vielleicht wäre es doch ganz gut, wenn du mich fährst. Es ist heute Morgen viel rutschiger, als ich gedacht hatte."

Sie war überzeugt, dass sie mehr Aufmerksamkeit erregen würde, wenn sie die Fahrt ablehnte, als wenn sie sich darauf einlassen würde. Hayden blickte sich um, seine Augen nahmen den Raum in Augenschein. Dann gönnte er sich einen Schluck Kaffee. Er strahlte eine ruhige, wachsame Kraft und Stärke aus. Verdammt, war der nicht einfach zum Niederknien scharf. Seine Augen, wie heißes Karamell, richteten sich wieder auf sie.

„Sollen wir?", fragte er und deutete auf die Tür.

Shana nickte und begann, auf den Eingang des Ladens zuzugehen. Humpeln wäre wohl der passendere Ausdruck. Trotz ihrer Bemühungen war ihre Hüfte steif und verkrampft und pochte vor Schmerzen vom Aufprall auf dem Bürgersteig. Als sie die Tür erreichte, trat Hayden an ihre Seite. Seine Hand glitt über ihren Rücken und seine Berührung war heiß.

„Ganz ruhig", beruhigte er sie mit tiefer, warmer Stimme. „Du beteuerst zwar, dass es dir gut geht, aber da bin ich mir nicht so sicher. Soll ich dich nicht ...?"

Sie unterbrach ihn und machte eine abweisende Handbewegung. „Nein, nein. Ich muss einfach nur nach Hause. Es war ein harter Sturz, aber mehr als eine heiße Dusche brauche ich nicht."

Ihre Stimme hörte sich für sie schrill an. *Na großartig. Jetzt klingst du wie eine verschrobene Zicke. Nun, in letzter Zeit war ich das wohl auch. Wie wär's, wenn du mich mal ein wenig in Frieden lässt?* Ihre innere Kritikerin verzog sich in die hinterste Ecke. Sie hasste es, wie sie sich in letzter Zeit fühlte. Zwei ihrer engsten Freundinnen hatten kürzlich ihre große Liebe gefunden. So sehr sie sich für die beiden freute, und das tat sie wirklich, hätte ein kleiner Teil ihres zerrissenen Herzens am liebsten aufgeschrien und mit den Füßen gestrampelt. Vielleicht hatte sie Callen gar nicht wirklich geliebt – auch wenn das niemand, nicht einmal ihre engsten Freundinnen, wusste –, aber sie hatte versucht, ihre Ehe zu retten, um ... Wem wollte sie etwas vormachen? Um ihres Stolzes und um Callens willen. Es war ihr zu peinlich gewesen, sich einzugestehen, dass die Ehe nur noch eine Farce gewesen war. Als er dann gestorben war, war sie fassungslos gewesen. Zuerst war sie wirklich traurig gewesen, denn auch wenn sie ihn nicht so geliebt hatte, wie sie das für richtig gehalten hatte, so hatte sie ihn doch gemocht und keinem Shifter gewünscht, von einem Auto angefahren zu werden. So ein würdeloser Tod, eine Schande für ein so majestätisches Geschöpf. Doch dann wurden Callens Geheimnisse vor aller Welt enthüllt. Und jetzt musste sie sich der Schande stellen, nicht zu wissen, was er getan hatte, und irgendwie mit ihrem Leben weitermachen.

Sie hatte sich in die Ermittlungen rund um Callens Drogenschmuggel gestürzt und war nach Montana gereist, um Callens Verbindungen ausfindig zu machen. Vor Monaten war Callens Vater verhaftet worden, zusammen mit seinen Brüdern und ein paar anderen Komplizen. Damit war die Sache für Catamount im Grunde genommen erledigt.

Doch ihr Herz hatte sich schon seit Jahren wie in Eis eingeschlossen gefühlt. In dem Augenblick, als sie Hayden in Montana erblickt hatte, war das Eis gebrochen. Er war anders als alle anderen, denen sie je begegnet war. Er war groß und schlank und besaß eine beeindruckende Stärke. Er wirkte fast ein wenig behäbig, aber sie hatte ihn auch schon in Aktion gesehen. Als Berglöwe raubte er ihr den Atem. Als Mensch ließ er ihr Herz rasen und Hitze in ihren Adern aufsteigen. In Montana war sie kurz davor gewesen, ihn zu küssen. Sie hatte niemandem von ihrem unangekündigten Besuch in seinem Büro an einem Nachmittag in Montana erzählt. Wenn sie jetzt daran dachte, durchströmte sie glühende Leidenschaft. Sie erinnerte sich an seine Augen, die sich in sie eingebrannt hatten, an seine Lippen, die nur Zentimeter entfernt gewesen waren. Bevor er fluchend einen Schritt zurückgetreten war und seine Augen zuckten. Er war ein Ehrenmann. Das wusste sie. Er achtete ihren Bruder und hätte es niemals gewagt, sie auszunutzen.

Verbittert dachte sie daran, dass er sie wahrscheinlich für schwach und hilfsbedürftig hielt, wegen dem, was passiert war.

Da kehrten ihre Gedanken in die Gegenwart zurück: Haydens Handfläche lag warm auf ihrem Rücken, seine andere Hand umschloss ihren Ellbogen. Sie hatte sich eingeredet, dass ihre Erinnerung an die Hitze, die sie bei Hayden in Montana verspürt hatte, lediglich ein Hirngespinst gewesen war. Aber jetzt, wo er ganz in ihrer Nähe war, fragte sie sich, ob sie das Ganze unterschätzt hatte. Irgendwie gelang es ihr, sich zusammenzureißen, während er sie zu einem schwarzen Geländewagen begleitete und ihr ins Auto half. Der Wagen war zum Glück angenehm warm.

Dann wandte sich Hayden ihr zu. „Wohin? Die einzige Wegbeschreibung, die ich habe, führt zu Danes Wohnung."

„Zum Glück wohne ich in dem Gästehaus auf Danes Grundstück."

Er zog eine Augenbraue hoch. „Tatsächlich? Na gut. Dann lassen wir uns einfach von meinem GPS den Weg zeigen. Du kannst mir ja Bescheid geben, falls es einen schnelleren Weg gibt."

„Was führt dich eigentlich hierher? Soweit ich weiß, ist das Schmugglernetzwerk in Catamount weitgehend aufgelöst."

Er nickte, als er sich langsam in den Straßenverkehr einordnete. „Das habe ich jedenfalls von Jake und Dane gehört. Allerdings geht es in Montana immer noch heiß her. Dane hat vorgeschlagen, dass ich vielleicht ein paar Infos von den Jungs bekommen könnte, die hier einsitzen, während sie darauf warten, dass ihre Fälle vor Gericht verhandelt werden. Der Bundesstaatsanwalt in Montana arbeitet mit dem Büro in Portland zusammen, um zu klären, ob sie vielleicht einen Deal aushandeln können, wenn die Jungs uns helfen."

„Oh. Nun, das klingt doch ganz vernünftig. Ich hoffe, ihr habt Erfolg damit." Hayden fuhr fast an der Einfahrt zu Danes Haus vorbei. „Stopp, du musst hier abbiegen ..."

Sein Navi meldete sich genau in dem Augenblick, als sie zu sprechen begann. Er sah sie an und gluckste, bevor er langsamer wurde und abrupt abbog.

Shana nahm die vertraute Landschaft in sich auf, als sie die kurvenreiche Straße zum Anwesen hinunterfuhren. Dane lebte in dem alten Bauernhaus im Kolonialstil, in dem sie aufgewachsen waren. Nachdem Callen gestorben war, konnte sie das Haus, das sie gemeinsam bewohnt hatten, nur noch selten betreten. Dane und seine neue Verlobte Chloe hatten ihr angeboten, bei ihnen im Haupthaus zu wohnen, aber Shana brauchte ihre Privatsphäre. Deshalb war sie in eine alte, renovierte Scheune gezogen, die zu einem modernen Gästehaus umgebaut worden war.

Sie wies Hayden den Weg zu dem Gästehaus, das etwa anderthalb Kilometer vom Haupthaus entfernt lag. Er stellte das Auto ab und sprang heraus. Noch bevor sie reagieren konnte, öffnete er die Beifahrertür. Sie versuchte, aus dem Wagen auszusteigen, aber ihre steife Hüfte machte ihr einen Strich durch die Rechnung und sie prallte unsanft gegen ihn. Haydens Arme fingen sie mühelos auf. Dann traf ihr Blick auf den seinen. Und die Zeit blieb stehen. Ihr Puls beschleunigte sich, ihr Atem wurde flach. Der Sog, den sie zu ihm verspürte, war so stark, dass sie sich nicht dagegen wehren konnte.

Er erstarrte an Ort und Stelle, obwohl sie spüren konnte, wie sein Herz heftig schlug, als ihre Brust gegen seinen steinharten Oberkörper stieß. Seine

Augen verdunkelten sich und sein Blick wanderte zu ihrem Mund. Ohne nachzudenken, handelte sie aus einem Instinkt heraus, hob ihre freie Hand und strich damit durch sein goldbraunes Haar und über seine Wange, wo sie die rauen Bartstoppeln spürte. Er atmete zischend aus, bevor seine Lippen auf die ihren stießen. Das Eis in ihr schmolz zu flüssiger Hitze, die durch ihre Adern pulsierte und sich in ihrem Inneren drehte. Seine Lippen verwöhnten die ihren, seine Zunge tauchte ein und erkundete ihren Mund. Ihre Zunge verschränkte sich mit seiner, während sie sich näher an ihn drängte, verzweifelt nach der Hitze, die er ihr bot, nach dem heftigen Gefühl, das er in ihr entfacht hatte.

Auf ihrer Haut kribbelte es, wie Feuer. Feuchte Hitze breitete sich zwischen ihren Beinen aus, und sie bewegte sich unruhig. Nach so langer Zeit endlich etwas zu spüren, war so unglaublich gut, dass sie es kaum aushielt. Da war es auch nicht gerade hilfreich, dass Hayden sie küsste wie kein anderer. Sanft und langsam, aber auch wild und energisch – eine Mischung, die ihre Sinne betäubte, ihr den Atem raubte und von der sie immer mehr wollte. Plötzlich löste er unvermittelt seine Lippen von ihr.

Doch sie wollte sich noch nicht von ihm trennen, und das tat er auch nicht. Er stützte sich mit einem Arm am Türrahmen ab und sein Atem streifte ihre Wange. Mit geschlossenen Augen genoss sie seine Wärme und seine Stärke. Ein warmes und süßes Gefühl machte sich in ihrer Magengegend breit. Sie schluchzte fast vor Erleichterung. Nach den gefühlskalten Jahren ihrer Ehe und dem Versuch, mit Callens Tod fertigzuwerden, waren ihre Gefühle abgestumpft. Sie hatte sich so verzweifelt gewünscht, wieder fühlen zu können, und jetzt konnte sie es.

„Ich hätte das nicht tun sollen", erklärte er mit fester Stimme.

Sie öffnete die Augen und sah, dass er sie anschaute. Sein Puls schlug sichtlich an seinem Hals. „Ich habe doch damit angefangen", flüsterte sie. „Schon gut."

Einen Augenblick lang dachte sie, er würde sie wieder küssen, aber da richtete er sich langsam auf. Ihr Blick wanderte nach unten und sie sah die Beule in seiner Jeans. Sie widerstand dem Drang, ihn durch den Jeansstoff zu streicheln. Aber sie konnte sich des kleinen Kitzels nicht erwehren, weil sie wusste, dass sie eine derartige Wirkung auf ihn ausübte.

„Vielleicht, aber ich weiß, dass du dieses Jahr viel durchgemacht hast. Da kannst du es sicher nicht gebrauchen, dass ich mich wie ein Idiot aufführe." Er trat einen Schritt zurück. Sein Mund verzog sich zu einem schiefen Lächeln. „Aber du bist so verdammt schön, und das macht es so schwer."

Sie versuchte sich daran zu erinnern, wann sie das letzte Mal von einem Mann als schön bezeichnet worden war. Callen hatte sie in den letzten Jahren weitgehend vernachlässigt, und ihr Selbstwertgefühl war langsam geschwunden. Er war nie ein besonders aufmerksamer Mann gewesen, aber als die Anfangstage ihrer Ehe vorbei waren, hatte Callen sein Leben weitergeführt, als wäre sie nur eine Nebensache. Wenn ihm eines in ihrer Beziehung wichtig gewesen war, dann, dass sie das gesellschaftliche Bild eines glücklichen Paares aufrechterhielten. Verbittert dachte sie daran, wie sein Verhalten sein gesellschaftliches Image nach seinem Tod in Stücke gerissen hatte. Dann wischte sie die Erinnerungen beiseite und sah Hayden in die Augen. Und sie konnte ihr Lächeln nicht zurückhalten.

Shanas langsames Lächeln brachte ihn fast aus der Fassung. Er musste sich beherrschen, um sie nicht noch einmal zu küssen. *Mist.* Er war in ernsthaften Schwierigkeiten. Er hatte schon ganz vergessen, wie verlockend Shana Ashworth mit ihren glänzenden, honigfarbenen Locken, die ihr in Wellen über den Rücken fielen, ihren rauchigen Silberaugen und ihrem sinnlichen, vollen Mund war. Ihr Körper mit seinen üppigen Kurven und seiner Kraft machte die Versuchung nur noch größer. Hayden hatte sein Leben mit Berglöwenshiftern verbracht. Weibliche Shifter waren für ihre Schönheit bekannt. Shana übertraf aber alle, vor allem wegen ihrer natürlichen, sinnlichen Art und weil sie gar nicht wusste, wie verführerisch sie war. Er erinnerte sich daran, wie er sie in Montana kennengelernt hatte und wie erleichtert er darüber gewesen war, dass er an einem Tisch gesessen hatte. Er achtete ihren Bruder und wusste, dass sie viel durchgemacht hatte, also war es keineswegs in Ordnung, dass er jedes Mal einen Steifen bekam, wenn er sich in ihrer Nähe aufhielt.

Als sie erwähnt hatte, wo sie wohnte, begannen sich in seinem Kopf die Rädchen zu drehen. Dane hatte gemeint, Hayden könnte gerne im Gästehaus wohnen. Aber Dane konnte unmöglich gemeint haben, dass er bei Shana wohnen sollte. Hayden war es peinlich zuzugeben, dass dieser Gedanke in ihm wilde Fantasien auslöste. Der Kuss vorhin hatte ihn innerlich in Flammen gesetzt. Aber so weit durfte es nicht kommen.

Hayden war nach Catamount gekommen, um herauszufinden, ob er eine Schwachstelle im Schmugglernetzwerk der Shifter in Montana finden konnte, nicht um sich in Fantasien über Shana Ashworth zu verlieren. Sein Blick fiel auf sie, und ihre rauchigen Augen brachten ihn fast um den Verstand. Dann atmete er tief durch und trat einen Schritt zurück.

Shanas Blick löste sich von seinem und sie begann, aus dem Auto zu steigen. Ihr stoßweiser Atem und die Anspannung in ihrem Gesicht erinnerten ihn daran, dass es einen Grund dafür gab, dass er sie in seinen Armen hielt. Sie war verletzt.

Mit einer schnellen Bewegung legte er vorsichtig seinen Arm um sie. Sie erstarrte, aber sie stieß ihn nicht von sich.

„Wir sollten das vorsichtig angehen", schlug er vor.

Er spürte, wie sie tief Luft holte. Ihr Blick ging nach unten, ihr Gesichtsausdruck war gefasst. Sie nickte schnell.

„Genau. Vorsichtig klingt gut. Ich habe gar nicht gemerkt, wie heftig ich gestürzt bin." Ihre Stimme war heiser und klang überrascht.

Obwohl Hayden nicht behaupten konnte, dass er sie gut kannte, hielt er sie für eine Frau, die selten eine Schwäche zeigte. Ihr Bruder hatte sowas angedeutet, als er ihm erzählt hatte, wie besorgt er über die Auswirkungen des Todes ihres Mannes und die vielen Untaten war, die er ihr hinterlassen hatte. Hayden hätte sie so gerne kennengelernt, hätte gerne die spröden Schichten um sie herum abgetragen und die Frau entdeckt, die er darunter spürte. Aber das war völlig abwegig.

Schließlich erreichten sie das Gästehaus. Shana humpelte hinein. Er musste sich zwingen, seinen Griff um sie zu lockern. Sein Körper wollte nicht weggehen. Am liebsten hätte er sie für einen weiteren Kuss wieder an sich gezogen. Als sie sich zu ihm umdrehte, überkam ihn das Verlangen. Er hielt still und versuchte, seinen Körper unter Kontrolle zu bringen.

Ihre silberfarbenen Augen trafen auf seine, und ihre Mundwinkel zogen sich nach oben. „Ich hätte nie gedacht, dass ich die Mitfahrgelegenheit nötig haben würde, aber offensichtlich war das der Fall. Danke.“

„Kein Problem.“

„Wie lange bleibst du hier?“

Er zuckte mit den Schultern. „Ich weiß nicht genau. Bestimmt eine Woche oder länger.“

Sie nickte, ihre Augen waren nachdenklich. „Nun, ich bin sicher, dass wir einander wiedersehen. Ich bin heute Abend mit Dane und Chloe zum Essen verabredet. Wo wohnst du denn?“

Ein heißer Schauer durchfuhr ihn. Allein der Gedanke, dass er in ihrer Nähe übernachten könnte, ließ seinen Puls rasen. „Da bin ich mir nicht so sicher. Dane hat zwar erwähnt, dass ich im Gästehaus übernachten könnte, aber ich nehme an, er meint ein anderes.“

Sie errötete und biss sich auf die Lippe. *Verdammt noch mal. Das durfte sie auf keinen Fall tun.* Das würde seine Aufmerksamkeit direkt auf ihre Lippen lenken und auf nichts anderes. Nun wusste er ja bereits, wie sie sich unter seinen anfühlten, und das war nicht unbedingt hilfreich, um seinen Körper zur Ruhe zu bringen.

Sie zuckte mit den Schultern und verdrehte die Augen. „Er hat vermutlich dieses hier gemeint. Dane, äh, nun, er vergisst mitunter, mir gegenüber bestimmte Dinge zu erwähnen, vor allem, wenn sie etwas mit meinem verstorbenen Mann zu tun haben. Wir hätten dich nie kennengelernt, wenn Callen nicht all das angezettelt hätte, also hat Dane wahrscheinlich

Bedenken gehabt, mir zu sagen, dass du hier sein würdest."

Haydens Herz verkrampfte sich. Er war sprachlos, aber er wusste, dass es für Shana sehr schmerzvoll gewesen sein musste, sich mit der Vergangenheit ihres Mannes abzufinden.

Sie bewahrte ihn vor einer Antwort. „Du kannst gerne hierbleiben. Es gibt genug Platz. Auf der anderen Seite befindet sich eine separate Wohnung. Warum meldest du dich nicht einfach drüben bei Dane? Wir sehen uns wahrscheinlich heute Abend beim Essen."

Augenblicke später hielt Hayden vor einem schönen alten Bauernhaus an, das ein Stückchen weiter unten an der Straße stand. Sein Verstand war noch ganz benebelt von der Begegnung mit Shana. Er schnappte sich eine Wasserflasche und spritzte sich das kalte Wasser ins Gesicht, um sich von Shana abzulenken. Dann wischte er sich mit einem Handtuch das Gesicht ab und stieg aus dem Auto. Irgendwie musste er sich darauf besinnen, warum er eigentlich hier war. Aber wenn Dane wirklich wollte, dass er im Gästehaus schlief, selbst in einer abgetrennten Wohnung, dann wurde sein Wille auf eine harte Probe gestellt.

KAPITEL ZWEI

Shana betrachtete ihr Spiegelbild. Das Gesicht, das ihr entgegenblickte, wirkte müde, oder vielleicht war das auch bloß ihre eigene Einschätzung, denn so fühlte sie sich in letzter Zeit meistens. Bevor Callen starb, war ihr Leben zwar nicht berauschend gewesen, aber dafür beständig und vorhersehbar. Nun, so beständig und vorhersehbar, wie das Leben eines Berglöwenshifters eben sein konnte. Sie war in Catamount geboren und aufgewachsen, einer Stadt, die vor Jahrhunderten von ihrer Familie und ein paar anderen Shifterfamilien gegründet worden war. Catamount war eine mittelgroße, belebte Stadt, die von Frühjahr bis Herbst von Touristen besucht wurde, die nach Maine kamen, um das offizielle Motto des Bundesstaates zu erleben: „Das Leben, wie es sein sollte". Der Appalachian Trail schlängelte sich durch Catamount und so war die Stadt ein beliebter Treffpunkt für Wanderer und andere Besucher. Obwohl Maine den Ruf genoss, seine Wildnis besser zu schützen als viele andere östliche Bundesstaaten, verdiente es mit Touristen Geld wie

Heu. Catamount bot erstklassige Einkaufsmöglichkeiten, Kunst und eine Vielzahl von Restaurants. Das Einzige, was es nicht gab, war ein eigenes Skihotel, allerdings gab es eines in einer Nachbarstadt.

Die Touristen ahnten nicht, dass sie von Berglöwenshiftern umgeben waren. Shana war mit den Überlieferungen ihrer Familie aufgewachsen und war immer davon ausgegangen, dass sie einen anderen Shifter heiraten würde. Als Callen Peyton auf dem College angefangen hatte, mit ihr zu flirten, schien er haargenau der Shifter zu sein, den sie heiraten sollte. Er stammte aus einer anderen Gründerfamilie und war attraktiv und beliebt. Obwohl Shana nicht wirklich einen Funken zwischen sich und ihm spürte, war er zunächst sehr aufmerksam und charmant gewesen. Ihr fiel kein Grund ein, ihn nicht zu heiraten, also tat sie es. Wenn sie jetzt mit 31 Jahren auf ihre Ehe zurückblickte und den Mann erkannte, der Callen wirklich war, sah sie, was sie damals nicht hatte erkennen können: eine junge Frau, die sich ihres Platzes in der Welt nicht sicher war und unbedingt ihrer Familie gefallen wollte. Hätte sie doch nur den Mut gehabt, zuzugeben, dass sie noch nicht bereit war.

Als Callen dann gestorben war, hatte Shana bereits alle Hoffnung aufgegeben, dass sie eine Möglichkeit finden könnte, ihre Ehe zu verbessern. Die beiden waren seit fast zwei Jahren nicht mehr intim gewesen. Sie wusste, dass er bei seinen vielen Aufenthalten außerhalb der Stadt gelegentlich mit Frauen flirtete, denn er hatte sich nicht einmal die Mühe gemacht, das vor ihr zu verbergen. Er war sehr darauf bedacht, keine Affären mit Einheimischen zu haben, denn für ihn war das Image wichtig, und er wollte den Eindruck wahren, dass sie glücklich verheiratet waren. Erst als er starb, hatte sie den Mut gefasst, ihren Freundinnen die Wahrheit zu sagen. Erst da war ihr klargeworden, wie wenig sie über sein Leben gewusst hatte.

Mit einem Seufzer wandte sich Shana vom Spiegel ab. Sie hatte genug vom ständigen Nachdenken. Beim Gang durch das Schlafzimmer schnappte sie sich einen Schal von der Kommode und schlang ihn sich um die Schultern. Nachdem Hayden sie heute Morgen abgesetzt hatte, hatte sie Dane angerufen. Dieser hatte so getan, als hätte er völlig „vergessen", ihr mitzuteilen, dass Hayden zu Besuch kam.

Sie stärkte sich innerlich und machte sich auf den Weg zum Abendessen. Nach einer heißen Dusche waren die Schmerzen in ihrer Hüfte so weit abgeklungen, dass sie kaum noch humpelte. Ihr Körper war angespannt vor lauter Vorfreude, Hayden wiederzusehen, während ihr Geist wild zwischen Selbstzweifeln und Vorwürfen hin und her schwankte. Sie wusste nicht, wann der „richtige" Zeitpunkt war, um nach dem Tod ihres Mannes offen für eine Beziehung zu sein, egal ob es sich dabei um eine lockere Beziehung oder mehr handelte. Gab es dafür überhaupt irgendwelche Regeln und waren die anders, wenn der eigene Mann einen seit Jahren nicht mehr berührt hatte und jeder Anschein von Liebe schon lange erloschen war?

———

Hayden lehnte sich in seinem Stuhl zurück und achtete darauf, dass sein Blick nicht zu lange auf Shana ruhte. Er hatte den Tag mit Dane und Jake verbracht und dabei vor allem das besprochen, was sie im Laufe ihrer Ermittlungen in Catamount herausgefunden hatten. Dane wollte ihn morgen mit zur Polizeiwache nehmen. Bis dahin hatten Dane und Chloe darauf bestanden, ihn zum Abendessen einzuladen. Shana gesellte sich zu ihnen, und Hayden wurde bewusst, wie schwach seine Kontrolle war, wenn es um sie ging. Sie brauchte sich nur ihm gegenüber an den Tisch zu setzen, und sein Körper pulsierte vor Erregung.

Chloe wandte sich mit einem Lächeln an Hayden. „Also Hayden, wann schmilzt der Schnee in Montana?"

Hayden zuckte mit den Schultern. „Irgendwann zwischen April und Juni."

Chloe grinste. „Das ist ungefähr die gleiche Antwort, die du hier auch bekommst. Das ist mein erster Frühling in Maine, deshalb komme ich mir ziemlich bescheuert vor, wenn ich annehme, dass der Schnee schon im März geschmolzen sein sollte. Ich nehme an, das ist in den meisten nördlichen Bundesstaaten nicht anders."

Chloe war hübsch mit ihren goldenen Haaren und den waldgrünen Augen, aber Hayden spürte keinen Funken zwischen ihr und ihm. Das war auch gut so, denn Dane würde ihm wahrscheinlich den Hals umdrehen, wenn das der Fall wäre. Hayden musterte Chloe lediglich im Vergleich zu der Wirkung, die Shana auf ihn hatte. Nachdem er sie heute Morgen abgesetzt hatte, war sie den ganzen Tag über ab und zu durch seine Gedanken gehuscht, aber er hatte sich größtenteils eingeredet, dass seine Gefühle für sie völlig übertrieben waren. Doch dann war sie zum Abendessen im Haus ihres Bruders aufgetaucht. Und es war, als ob ein Streichholz die Luft zwischen ihnen entzündet hätte, eine Flamme, die sich ihren Weg durch den Raum bahnte.

Hayden warf einen Blick in ihre Richtung. Sie schwenkte ein Glas Wein in ihrer Hand, dessen tiefes

Rot zu dem Schal passte, den sie sich um die Schultern gelegt hatte. Ihr Haar schimmerte im Licht. Ihre silbernen Augen blickten zu ihm auf. Verlangen stieg in ihm auf. Mit einem Lächeln wandte sie ihren Blick zu Chloe.

„Der Frühling kommt im Norden vielleicht spät, aber dafür ist er umso süßer", stellte Shana fest.

Chloe neigte ihren Kopf zur Seite. „Das kann man wohl sagen. Als ich neulich die Narzissen blühen gesehen habe, habe ich fast Luftsprünge gemacht."

Dane legte seinen Arm auf ihre Schulter und beugte sich vor, um Chloe einen lang anhaltenden Kuss auf die Wange zu drücken. „Ich habe Chloe bereits gesagt, dass wir das alte Gewächshaus unbedingt wieder auf Vordermann bringen müssen", erzählte er und sah Shana dabei in die Augen.

Shana antwortete mit einem sanften Lächeln und einem wehmütigen Blick. „Habt ihr es überhaupt noch benutzt, seit Mom gestorben ist?"

Dane schüttelte den Kopf. „Nein. Ich wollte das zwar immer mal wieder machen, aber Gartenarbeit war noch nie mein Ding."

Chloe grinste ihn an. „Ich habe schon Pläne für das nächste Jahr." Mit einem Blick auf Hayden stand sie auf. „Du musst nach der langen Reise müde sein." Während sie um den Tisch herumging und Teller und Besteck einsammelte, wandte sie sich wieder an Dane. „Hast du das Apartment für Hayden drüben im Gästehaus vorbereitet?"

Dane zuckte mit den Schultern. „Da gibt es nichts vorzubereiten." Er wandte sich an Shana. „Würdest du Hayden das Gästeapartment dort drüben zeigen?"

Shana nickte, ihr Gesichtsausdruck war gefasst und unleserlich. Hayden hatte es absichtlich vermieden, Dane direkt zu fragen, ob er im selben Gästehaus wie Shana wohnen würde. Obwohl es den Anschein hatte, dass er in einem separaten Apartment wohnen würde, schaltete sein Körper bei dem bloßen Gedanken an die Nähe zu Shana einen Gang hoch. Bevor er diesen Trip geplant hatte, hatte er wohl verdrängt, wie verdammt scharf Shana war. Seine Gedanken waren einzig und allein auf die laufenden Ermittlungen gegen das Schmugglernetzwerk der Shifter in Bozeman, im Bundesstaat Montana, eingestellt. Er war erleichtert gewesen, als er erfahren hatte, dass Wallace Peyton und seine Bande zur Strecke gebracht worden waren. Hayden glaubte zwar immer noch nicht, dass sich der Ursprung des Netzwerks in Bozeman befand, aber dennoch führte das zu erheblichen Unruhen unter den Shiftern in der Gegend. Einzelne Fraktionen hatten begonnen, sich innerhalb der Gemeinschaft der Shifter abzuschotten. Einige Shifter waren sogar Süchten verfallen, während andere sich am schnellen Geld erfreuten. Hayden hoffte, dass er ein paar Spuren finden würde, denen er folgen konnte, nachdem er die Gelegenheit gehabt hatte, sich mit den hiesigen Shiftern zu unterhalten. Unterdessen war Shanas Anwesenheit eine Versuchung, die er nicht einmal in Betracht gezogen hatte.

Er musste sich in den Griff bekommen, denn er wollte nicht, dass Dane etwas von seinen Gefühlen mitbekam. Dane versuchte verständlicherweise, seine Schwester zu schützen, nachdem, was sie im letzten Jahr durchgemacht hatte. Da Hayden in Danes Gegenwart gegenüber Shana nicht mehr als höflich gewesen war, konnte er nur hoffen, dass Dane ansonsten nichts bemerkt hatte. Dane folgte Chloe in die Küche. Hayden holte tief Luft und stand auf, um beim Abräumen des Tisches zu helfen. Die alltägliche Tätigkeit lenkte seine Aufmerksamkeit von Shana ab. Als sie ein paar Minuten später in die Küche kam, hatte er die Zügel wieder fest in der Hand.

———

Shana ging voran über den Granitweg zum Eingang der zweiten Gästewohnung in der alten, renovierten Scheune. Hayden folgte ein paar Schritte hinter ihr. Wie versprochen, zeigte sie ihm das kleine Apartment, in dem Dane ihm angeboten hatte, zu übernachten. Der Eingang befand sich auf der gegenüberliegenden Seite der Scheune, wo sie wohnte. Ihr Herz pochte bei jedem ihrer Schritte. Beim Abendessen war sie zu einer Entscheidung gekommen. Die Wirkung, die Hayden auf sie hatte, war anders als alles, was sie je erlebt hatte. Sie hatte es satt, sich an die Regeln zu halten, die sie glaubte, befolgen zu müssen – dass sie nur dann etwas tun durfte, wenn sie sich sicher war, dass ihre Entscheidungen von anderen gutgeheißen wurden. Das hatte ihr nichts gebracht außer einer unterkühlten Ehe mit einem Mann, dessen Lügen bis weit über ihre Ehe hinausgereicht hatten. Hayden würde wieder verschwinden, also war es egal, ob sie eine Affäre mit ihm hatte. Sie wusste zwar nicht, was die anderen von ihrer Entscheidung halten würden, aber das kümmerte sie nicht.

Seit Callens Tod fühlte sie sich noch gefangener als zu seinen Lebzeiten. Nun musste sie zusätzlich zu der Last ihrer gescheiterten Ehe auch noch die Last seines Verrats tragen. Am Ende hatte sie sich wie eine halbe Frau gefühlt. Sie konnte sich nicht erinnern, wann ihr das letzte Mal ein Mann Aufmerksamkeit geschenkt hatte, bis sie Hayden in Montana begegnet war. Sie hatte es für einen Zufall gehalten, vielleicht auch für Einbildung. Bis zu diesem Vormittag, als sie Hayden geküsst hatte. Da hatte sie einen Vorgeschmack darauf bekommen, was es hieß, wieder etwas zu fühlen, und sie war fest entschlossen, mehr davon zu haben.

Also beschloss sie, dass sie sich etwas gönnen würde – Hayden nämlich. Die einzige Frage war, ob er das zulassen würde. Nach ihrem Kuss war sie überzeugt, dass er sie wollte, vielleicht sogar genauso sehr, wie sie ihn begehrte. Aber sie wusste nicht, ob er es zulassen würde, dass seine falsch verstandene Ehre ihm in die Quere kam.

Endlich war sie an der Tür und drehte schnell den Schlüssel im Schloss. Nachdem sie das Licht angemacht hatte, bedeutete sie Hayden mit einer Geste, einzutreten.

„Hier bitte", rief sie und drehte sich im Raum herum.

Hayden machte ein paar Schritte hinein und besah sich alles. Obwohl die Wohnung klein war, war sie wunderschön. Der ursprüngliche Dielenboden war auf Hochglanz gebracht worden. Auf der einen Seite des Raumes befand sich eine moderne Küche, auf der anderen Seite der eigentliche Wohnbereich. Ein kleiner, rot lackierter Holzofen stand in der Ecke, daneben befanden sich eine Couch und passende Stühle, auf denen Kissen aufgetürmt waren. In einer Nische auf der Rückseite befanden sich die Türen zum Bad und zum Schlafzimmer. Die andere Tür führte zu dem Bereich, in dem sie untergebracht war. In weniger als drei Minuten hatte sie Hayden alles gezeigt.

Als sie wieder zurück im Hauptraum waren, fröstelte Shana. Sie warf einen Blick auf den Holzofen. „Wir müssen dir hier etwas Holz besorgen. Ich schaue mal nach, ob der Propangasofen funktioniert. Dane hat vielleicht vergessen, sich darum zu kümmern."

Sie fummelte an den Reglern des kleinen Propanofens herum. „Ich fürchte, wir haben Pech gehabt." Dann blickte sie zu Hayden auf, der an ihre Seite getreten war. Er versuchte es auch, aber zuckte dann mit den Schultern.

„Da du das gerade getan hast, hätte ich mir die Mühe wohl sparen können", bemerkte er schmunzelnd.

„Komm, wir holen dir etwas Holz aus meinem Haus. Ich habe drinnen jede Menge aufgestapelt."

Sie bewegte sich etwas zu schnell und ihre steife Hüfte hinderte sie für einen Augenblick am Weitergehen.

„Langsam." Haydens tiefe Stimme jagte ihr einen Schauer über den Rücken. Dann legte sich seine Hand um ihren Arm und seine Berührung ließ Wärme durch ihren Körper fließen.

Ihr Atem stockte, aber sie hielt still. So sehr sie ihn auch wollte, sie war nicht so kühn, wie sie gerne gewesen wäre, und zögerte.

Da begegnete er ihrem Blick; in ihren Augen ballte sich die Hitze. Sein Blick war wie warmer brauner Zucker, der über sie glitt. Sie zwang sich zu atmen und deutete mit einem Nicken auf die Tür, die zu ihrer Wohnung führte.

Sein Blick wanderte zur Tür und wieder zu ihr, eine Frage lag darin.

„Komm schon. Gleich hier durch." Sie löste sich aus seiner sanften Umarmung und begab sich zur Tür. Nach einer weiteren Drehung des Schlüssels betraten sie ihre Wohnung. Wärme durchfuhr sie. Die kühle Luft draußen war kalt genug, um Frost auf den Boden zu zaubern. Nachdem sie ein paar Lampen angemacht hatte, steuerte sie die andere Seite der Wohnung an, wo sie Holz in einem Gestell neben der Tür gestapelt hatte.

Plötzlich hielt sie inne und wirbelte herum, wodurch sie fast mit Hayden zusammenstieß, der direkt hinter ihr stand. Ihr Herz schlug ihr gegen die Rippen. Sie vernahm das Aufflackern der Hitze, die Hayden in ihr entfachte. Dies erinnerte sie daran, dass sie wieder in der Lage war, Leidenschaft zu empfinden, wieder überhaupt irgendetwas zu fühlen. Sie nahm den letzten Rest ihres Mutes zusammen und begegnete seinen Augen. Er war ein stattlicher Mann, seine Ausstrahlung war beeindruckend und fast schon erdrückend. Sein goldbrauner Blick hielt den ihren fest. Als sie keine Worte mehr fand, folgte sie der Führung ihres Körpers.

Nur wenige Zentimeter trennten sie voneinander. Sie rückte näher an ihn heran, ließ ihre Handfläche über seine Brust gleiten und genoss die Anspannung seiner Muskeln unter ihrer Berührung. Sein Herz schlug stark und sicher, als sie darüberfuhr. Er stieß zischend den Atem aus, als sie über seinen Hals strich und ihre Finger in sein Haar legte.

Hayden öffnete den Mund, um etwas zu sagen, doch Shana zog ihn zu sich herunter, um ihren Lippen zu begegnen. Schon die erste Berührung jagte einen heftigen Schauer durch sie hindurch. Seine Muskeln spannten sich unter ihren Händen an und dann bewegte er sich schnell, strich mit einer Hand durch ihr Haar und legte die andere um ihre Taille, um sie an sich zu ziehen. Sie keuchte auf, als sie ihn spürte. Seine Zunge tauchte in sie ein. Ihr Kuss wurde immer wilder. Er drang tief in ihren Mund ein, bevor er seine Berührungen sanfter werden ließ, sie mit seiner Zunge umspielte und an ihrer Unterlippe knabberte, bevor er wieder eintauchte. So gerne hätte sie die Kontrolle übernommen, aber sie wurde von Wellen der Sehnsucht überflutet, betäubt von seiner überwältigenden Gegenwart und dem Gefühl, ihn an sich zu spüren. Seine Erregung berührte ihre Hüfte.

Er strich ihr wild durch die Haare und neigte ihren Kopf nach hinten, als er seine Lippen von ihren löste. Sie bahnten sich einen heißen, feuchten Weg um ihr Ohr herum und ihren Hals hinunter und jagten ihr heiße Schauer über den Rücken. Seine Handfläche glitt ihren Rücken hinauf, ein Pfad aus schierer Hitze und Kraft. Sie krümmte sich ihm entgegen, wollte ihm unbedingt näher kommen. Sehnsucht durchflutete sie, so heftig, dass sie bis ins Mark erschüttert wurde. Zu lange ohne jegliche intime Berührung, hatte sie sich schon gefragt, ob sie gar die Fähigkeit verloren hatte, Leidenschaft zu empfinden. Doch in Haydens Armen entflammte sie.

Seine Lippen und seine Zunge bahnten sich einen langsamen, verschlungenen Weg entlang ihres Schlüsselbeins und tauchten hinunter in das Tal zwischen ihren Brüsten. Er fing an, an ihrer Bluse zu zupfen, bevor er plötzlich erstarrte. Er löste seine Lippen von ihrer Haut und hob den Kopf. Seine warmen, bernsteinfarbenen Augen begegneten den ihren. Ihr Puls schlug so schnell, dass sie kaum noch Luft bekam. Es fühlte sich an, als würden sie in der Zeit schweben, heißes, flüssiges Verlangen pulsierte zwischen ihnen, eine überirdische Leidenschaft flirrte in der Luft um sie herum.

Er sah fast leidend aus. Dann schluckte er und lockerte seinen Griff ein wenig. Schließlich räusperte er sich. „Shana, du sollst wissen, dass ich dich will. So sehr." Seine Stimme war rau, kaum mehr als ein Flüstern, und der Klang selbst kribbelte unter ihrer Haut und verstärkte das Gefühl, das sie durchströmte.

„Aber ich weiß nicht, ob das so eine gute Idee ist. Dein Mann ...“

Wut durchfuhr sie. Sie schüttelte heftig den Kopf. „Mein Mann war nicht nur nicht der Mann, für den ich ihn gehalten hatte, er hatte mich auch seit über zwei Jahren nicht mehr berührt, bevor er gestorben ist. Unsere Ehe war ein Witz.“

Haydens Augen weiteten sich, Trauer und Bestürzung durchströmten sie.

Sie holte zaghaft Luft. „Keiner hat davon je gewusst. Bevor er gestorben ist, habe ich ja versucht, den Mut aufzubringen, mich von ihm scheiden zu lassen. Als ich dir in Montana begegnet bin, war das das erste Mal seit Jahren, dass ich wieder Gefühle empfunden habe. Nachdem ich zu viele Jahre meines Lebens auf diese Weise vergeudet habe, möchte ich das nicht länger hinnehmen. Ich kenne dich zwar kaum, aber ich weiß, was ich zwischen uns fühle. Ich habe überhaupt keine großen Erwartungen. Ich möchte einfach nicht mehr das liebe Mädchen sein. Ich möchte eine Gelegenheit bekommen, wieder einmal etwas zu fühlen. Mach dir keine Sorgen, dass die Sache irgendwie aus dem Ruder laufen könnte, das wird sie nämlich nicht. Außerdem kenne ich dich gut genug, um zu wissen, dass du dir möglicherweise Gedanken über meinen Bruder machst. Aber das brauchst du nicht. Den brauche ich schon lange nicht mehr, um auf mich aufzupassen. Mein Leben geht ihn nichts an.“

Dann fehlten ihr die Worte und sie schwieg. Laut auszusprechen, was ihre Ehe mit Callen wirklich gewesen war, war eine solche Erleichterung, dass sich ihre Brust einen Augenblick lang vor Aufregung zusammenzog, bevor sie sich mit der Preisgabe des Geheimnisses entspannte. Ihr Blick fiel auf die goldene Haut an Haydens Hals. Der Kragen seines Hemdes stand offen und enthüllte gerade genug Haut, um sie zu verführen. Sie wusste durch ihre Berührung, dass er darunter durch und durch ein Muskelpaket war. Die Lust tobte durch sie und wurde mit jedem Atemzug und Herzschlag stärker und stärker.

„Shana." Haydens Stimme war tief, angespannt und pulsierte vor Gefühl.

Sie begegnete erneut seinem Blick. Ihr Bauch kribbelte, feuchte Hitze pulsierte zwischen ihren Schenkeln.

„Es tut mir leid."

Einen Augenblick lang dachte sie, dass es ihm leidtäte, dass er nicht mit ihr zusammen sein konnte. Beschämung begann in ihr aufzusteigen. Beschämung darüber, dass sie den Mut aufgebracht hatte, ihn anzusprechen, und sie fragte sich, ob sie wohl falsch verstanden hatte, was sie geglaubt hatte, bei ihm zu fühlen. Sie wollte sich zurückziehen, aber er hielt sie fest, eine Hand legte sich auf ihre Hüfte, während die andere um ihren Rücken glitt. Seine Augen musterten sie aufmerksam.

Er schüttelte langsam den Kopf. „Nein, es tut mir leid, wie deine Ehe war. Du hast das nicht verdient, niemand hat das."

Erleichterung löste die Spannung, die in ihr aufgestiegen war. So mutig sie sich auch auf ihn gestürzt hatte, so schüchtern war sie plötzlich. Wenn sie die Wahrheit über ihr Leben preisgab, fühlte sie sich viel zu entblößt, zu verletzlich. Nach einem Jahr, in dem sie eine Katastrophe nach der anderen hinnehmen hatte müssen, während sie gleichzeitig bemüht war, die Fassung zu bewahren, machte sich die Müdigkeit in diesem Augenblick bemerkbar.

Haydens Augen sahen sie erwartungsvoll an. Also

presste sie die Worte aus sich heraus. „Nein, das hat niemand verdient. Das hat alles, was im letzten Jahr passiert ist, noch viel komplizierter gemacht."

Er nickte langsam. „Es war schon vorher kompliziert, aber ja, ich schätze, das hat die Sache für dich noch schwieriger gemacht."

Wieder herrschte Schweigen. Er hielt sie immer noch fest im Arm. Sein Herz schlug gegen ihre Hand. Die Wärme seiner Handfläche auf ihrem Rücken verlieh ihr Halt. Das Verlangen pochte in ihr. Sie wollte nicht, dass die Wahrheit ihres Lebens mit ihren Gefühlen in Konflikt geriet. Sie musste *fühlen*, einfach nur *sein*, sie brauchte die Flucht, die seine Berührung bot.

Untätig strich sie über den Rand seines Kragens, seine Haut war warm unter ihrer Berührung. Da stieß er einen scharfen Atemzug aus. Was auch immer er gerade gedacht hatte, sein Körper log nicht. Die Hitze seiner Erregung war immer noch spürbar, ein heißes Brandmal an ihrer Hüfte. „Und?", fragte sie und ihre Stimme klang rau.

Seine Augen, die Augen, in denen sie sich verlieren konnte, brannten sich in sie ein. „Du hast recht, dass ich mir vielleicht Gedanken darüber gemacht habe, was Dane denkt. Nicht weil ich finde, dass Dane das Recht hat, darüber zu urteilen, mit wem du zusammen bist, sondern weil ich dich nicht ausnutzen wollte."

„Das tust du doch gar nicht. Ich trauere um das, was passiert ist, aber nicht so, wie du vielleicht denkst. Ich habe jahrelang um meine Ehe getrauert. Seit Callen gestorben ist, habe ich mich damit abfinden müssen, wie viele Schichten seines Lebens eine Lüge waren. Aber du darfst keine Minute lang denken, dass du mich ausnutzt. Wenn du mich respektierst, darfst du deine Entscheidungen nicht davon abhängig machen, was mein anmaßender Bruder denken könnte. Ich brauche seinen Schutz schon lange nicht mehr. Ich will das hier, ich will dich."

Hayden hielt still, das Schweigen zwischen ihnen drückte schwer, bevor er kurz nickte. Er sagte kein Wort. Stattdessen schlang er seine Finger in ihr Haar und schloss ihren Mund wieder mit dem seinen.

KAPITEL DREI

Shanas silberfarbene Augen blickten zu den seinen auf, eine Mischung aus sinnlich, erregt und verletzlich zugleich. Hayden hatte immer noch nicht ganz verwunden, dass ihr Mann ihr keinerlei Beachtung geschenkt hatte. Wie ein Mann Shana links liegenlassen konnte, war ihm unbegreiflich. Sie war atemberaubend und hätte allein durch ihre Anwesenheit fast seine ganze Selbstbeherrschung ausgehebelt. Ein winziger Teil seines Verstandes erinnerte ihn daran, dass Dane wahrscheinlich ganz und gar nicht damit einverstanden war, dass Hayden Shanas Angebot annahm. Aber Shana hatte recht, wenn sie betonte, dass ihr Bruder in diesem Teil ihres Lebens kein Mitspracherecht hatte. Sie hatte ein zermürbendes Jahr hinter sich und das meist allein, denn wenn er es richtig verstanden hatte, hatte niemand in ihrem Umfeld gewusst, dass sie in einer unglücklichen Ehe gelebt hatte.

Er konnte sich zwar einreden, dass dies geschah, weil Shana es wollte, aber in Wahrheit wollte er sie so sehr, dass er seine Gefühle kaum unter Kontrolle halten konnte. Er hörte die Worte „Ich will das hier, ich will dich", und der Trommelschlag seines Herzens stieg immer höher. Ihr Haar war seidenweich. Er verstärkte seinen lockeren Griff und drückte seinen Mund wieder auf ihren.

Ihr Mund öffnete sich blitzschnell und ihre Zunge umspielte die seine. Dann zog er sie näher an sich heran und stöhnte, als er ihre üppigen Kurven an sich spürte. Er ließ eine Hand nach unten gleiten, um ihren Po zu streicheln, und genoss, wie voll er unter seinem Griff war. Sie wölbte sich ihm entgegen und drückte gegen seine Erregung. Die Lust durchflutete ihn in Wellen, die ihn so schnell und heftig überrollten, dass er kaum denken konnte. Aber er wollte nicht zulassen, dass sie nach Jahren der Untätigkeit eine überstürzte Vereinigung erlebte. Er rang um die Kontrolle über seinen Körper und löste seinen Mund von ihr. Sein Atem kam in rasenden Stößen, aber er würde sein Tempo drosseln, und wenn ihn das umbringen würde.

„Schlafzimmer?", würgte er hervor.

Ihr Blick war inzwischen ganz vernebelt. Sie sah in seine Augen, und die Hitze zwischen ihnen nahm überhand. Da deutete sie mit ihrem Kopf hinter ihn. Er wandte sich um und ergriff ihre Hand. Als er spürte, wie sie zögerte, hielt er inne und zog sie an sich. Ihr Atem entwich ihr in einem leisen Hauch, und dann stieß sie ein Glucksen aus. Ihr Lachen zerriss fast den dünnen Faden der Kontrolle, an den er sich geklammert hatte. Als er sie das erste Mal gesehen hatte, hätte er sich nie vorstellen können, dass sie einmal so kichern würde. Das Geräusch drang in sein Herz ein und nahm es in Beschlag.

Er eilte auf die Tür zu, von der er annahm, dass es sich um ihr Schlafzimmer handelte, und betrat einen dunklen Raum. Langsam gewöhnten sich seine Augen an die Dunkelheit. Er konnte ein großes Himmelbett an der gegenüberliegenden Wand ausmachen. Shana knipste eine Lampe an, und dann trug er sie quer durch das Zimmer. Sie kicherte wieder, als er in die Knie ging und sie vorsichtig absetzte. Jeder Zentimeter in ihm musste gegen den Drang ankämpfen, sie einfach zu erobern. Ein kleiner Teil von ihm erinnerte sich daran, dass sie heute Morgen gestürzt war.

Er blickte sich um und knipste eine weitere Lampe neben ihrem Bett an. Ihr Bett war mit Kissen überhäuft. Sie ließ sich auf die Kissen sinken, ihre Haare fielen ihr ins Gesicht und ihr umwölkter Blick blieb auf ihm haften. Er erhob sich schnell und streifte seine Schuhe ab, bevor er ihr seine Aufmerksamkeit zuwandte. Nachdem er ihr die flachen Schuhe ausgezogen hatte, hielt er inne, um Luft zu holen. Sie trug einen hauchdünnen Rock, der ihre Hüften umschmeichelte und am unteren Rand gerafft war. Er ließ seine Hände an ihren Beinen hinaufgleiten und genoss die Stärke der Waden. Ihr Atem stockte, was ihm einen weiteren Lustschauer über den Rücken jagte. Dann stützte er sich auf sein Knie und ließ sich an ihrer Seite nieder. Er strich mit einer Hand durch ihr Haar und begann, jeden Zentimeter von ihr zu verkosten.

Sie zu küssen war wie ein Sprung in den süßen Wahnsinn. Sie ließ sich darauf ein – heiße, feuchte, betäubende Küsse, ihre Zunge verschränkte sich mit der seinen. In der nächsten Zeit verlor Hayden jegliches Gespür für den Augenblick zwischen ihnen. Er zwang sich, ihr nicht gleich die Kleider vom Leib zu reißen, in der irrigen Annahme, dass ihm das helfen würde, die Kontrolle zu behalten. Stattdessen reizte es ihn nur, ihre Kurven durch die seidige Bluse und den hauchdünnen Rock zu spüren, was die Hitze in ihm so hochtrieb, dass er kaum atmen konnte.

In seiner Verzweiflung zog er schließlich an ihrer Bluse. Die Knöpfe schlüpften durch die Seide und enthüllten ihre Brüste, die von schwarzer Spitze bedeckt waren. Ihr Atem kam keuchend und stoßweise und zehrte an seiner Selbstbeherrschung. Die nächsten Augenblicke vergingen wie im Flug, als er ihren Körper mit seinen Händen erforschte. Ihre Brüste waren üppig und voll, ihre Brustwarzen schimmerten dunkel. Sie war kurvenreich und kräftig und krümmte sich unter seinen Berührungen. Dann streifte er ihren Rock ab und strich mit einem Finger über die feuchte Seide zwischen ihren Beinen.

Er hielt inne und sah sie so lange an, bis sie den Kopf hob und ihre verrauchten Augen sich mit den seinen trafen. Irgendwann musste sie ihm das Hemd heruntergeschoben haben. Seine Hose war aufgeknöpft und mochte kaum seinen Schwanz zu verbergen, der schon bei dem Gedanken pulsierte, in ihr zu sein.

„*Hayden* ...“ Ihre Stimme entwich in einem Atemzug und waberte wie Rauch durch ihn.

Wieder strich er über ihre Seide, und es verschaffte ihm zusätzliche Genugtuung, als sich ihre Hüften seiner Berührung entgegen kamen. In einem gleichmäßigen Rhythmus erhöhte er den Druck seiner Berührungen, bis sie sich in ihm wölbte. Erst dann schob er die schwarze Spitze beiseite und näherte sich ihr mit seinem Mund. Ein leises Stöhnen entwich ihr, als er begann, diesen Teil von ihr kennenzulernen. Er strich mit seiner Zunge und seinen Fingern durch ihren empfindlichen Spalt und schob langsam einen und dann einen weiteren in ihren Kanal. Ihre Hüften wippten unruhig, ihre Schreie wurden von Keuchen unterbrochen. Er spürte, wie sich die Spannung in ihr aufbaute und sich ihr Kanal um seine Finger zusammenzog und pulsierte. Dann stemmte sie sich mit ihren Hüften gegen seinen Mund. Als sich ihr ganzer Körper anspannte, saugte er ihren Kitzler ein. Sie versteifte sich und erstarrte, bevor ein Schauer ihren Körper durchlief. Nachdem sich ihre Hüften wieder beruhigt hatten, zog er sich zurück und erhob sich.

———

Shana lag wie benommen da, die Lust durchströmte sie. Sie wollte einfach nur wieder etwas fühlen, und Hayden trieb sie weit über den Punkt der Lust hinaus, den sie sich jemals hätte vorstellen können. Sie wurde im Strudel der Gefühle hin und her geworfen. Als sie die Augen aufschlug, sah sie, wie er seine Jeans zur Seite warf. Nackt war er eine Augenweide, durchtrainiert und muskulös, jeder Zentimeter von ihm geformt und wie gemeißelt. Auf seiner Brust befanden sich verblasste Narben. In ihrer Berglöwengestalt fochten Shifter oft heftige Kämpfe aus, von denen sie Narben davontrugen. Er hielt ein Kondom in der Hand, riss es auf und streifte es sich in einer einzigen Bewegung über. Sie hatte schon geahnt, dass er gut bestückt war, aber ihn nun zu sehen, raubte ihr fast den Atem.

Die Matratze gab unter seinem Gewicht nach, als er ein Knie auf das Bett setzte. Er bewegte sich geschmeidig, und seine Hitze umgab sie, als er sich auf sie legte. Seine Ellbogen umschlossen ihr Gesicht. Sie hatte sich das viel sehnlicher gewünscht, als sie gedacht hatte. Dennoch war sie auf die Intimität zwischen ihnen völlig unvorbereitet gewesen. Denn sie war noch nie zuvor in den Genuss eines solchen Gefühls gekommen. Das Verlangen schimmerte um sie herum. Als sein hitziger Blick auf den ihren traf, blieb ihr die Luft weg. Ihr Körper war noch ganz entspannt von dem Orgasmus, der sie gerade überrollt hatte, aber in dem Augenblick, als sie ihn an sich spürte, wollte sie unbedingt, dass er sie ausfüllte.

Er strich ihr das feuchte, durcheinandergewirbelte Haar aus dem Gesicht. Sein Herz schlug gegen ihre Brüste. Flüssiges Verlangen strömte durch sie hindurch. Dann ließ er seine Hüften gegen sie sinken, und sein Gewicht ruhte in ihrer Wiege. Seine Länge stieß gegen ihr Geschlecht, durchtränkt mit Verlangen. Sie hatte das Gefühl, dass sie etwas sagen sollte, aber sie brachte kein Wort heraus. Stattdessen wölbte sie sich gegen ihn. In den ruhigen, angespannten Augenblicken, die folgten, drückte er sich langsam gegen sie, sein Schwanz glitt vor und zurück und trieb sie immer höher und höher in die unbändige Lust.

„Shana, ich versuche, es langsam anzugehen ...“

Da brach seine Stimme. Sie fuhr mit ihren Nägeln über seinen Rücken und wölbte sich ihm heftig entgegen, um ihn aus der Reserve zu locken. Dann stürzte er sich in sie, heftig und tief. Sie schluchzte fast vor Erleichterung über die Fülle. Ihr Körper schmiegte sich an ihn, ungewohnt, gedehnt und ausgefüllt zu werden. Er hielt einen langen Augenblick still, bis die Spannung von ihr abfiel. Dann begann er, langsam und in einem gleichmäßigen Rhythmus in sie hinein- und wieder herauszufahren. Die Anspannung nahm zu und zog sich in ihr zusammen. Dann schlang sie ihre Beine um seine Hüften und wölbte sich, um ihm entgegenzukommen. Dieser Orgasmus war sogar noch heftiger. Er begann mit langsamen, süßen Stößen, die sich immer weiter steigerten, bis er in fast gewaltigen Wellen über sie hereinbrach. Erst als sie aufschrie und mit ihren Fingernägeln über seinen Rücken kratzte, entglitt ihm die Kontrolle. Seine Hüften stießen gegen ihre, bevor sich sein ganzer Körper anspannte und er sich mit einem Schrei zurückwölbte. Dann hielt er still, sein Kopf war nach vorne geneigt, sein Gewicht ruhte auf seinen Armen.

Ihr Atem hallte durch den Raum. Langsam sank er zurück und ließ sich auf einer Seite von ihr nieder. Sie wollte nicht, dass er sich zurückzog, sie wollte die Verbindung aufrechterhalten, jeden Zentimeter von ihm so nah wie möglich bei sich haben. Schließlich verlangsamte sich ihr Atem. Er strich ihr mit einer Hand durch das verwuschelte Haar, seine andere Hand ruhte auf der Wölbung ihres Bauches. Sie wusste nicht, wie viel Zeit vergangen war, als er das Wort ergriff.

„Es wird kalt." Seine Stimme war rau und durchbrach ihre Träume.

Sie drehte ihren Kopf zur Seite und begegnete seinem Blick. Darin lag eine Frage. Obwohl sie sich auch ohne Worte bemerkenswert gut verständigen konnten, wenn sie Haut an Haut dalagen und die Hitze zwischen ihnen brannte, hatte sie jetzt keine Lust, zu raten.

„Was?", fragte sie.

Er schwieg einen Augenblick lang, bevor er sprach. „Ich weiß nicht, ob du möchtest, dass ich bleibe, oder ob ich mich auf den Weg machen soll."

Obwohl ein Teil ihres Verstandes sie davor warnte, wollte sie nicht mehr auf die Stimme hören. Das hatte ihr bis jetzt in ihrem Leben auch nicht viel genützt.

„Bleib hier. Wenn du kein Feuer machst, ist es morgen früh eiskalt da drin. Falls du dir Gedanken um Dane machst, erkläre ich ihm einfach, dass es keine Heizung gegeben hat und du hier in einem der Schlafzimmer übernachtet hast. Und nichts davon ist gelogen", schlug sie kichernd vor.

Dabei fiel ihr auf, dass sie in letzter Zeit nicht viel

gelacht und schon gar nicht gekichert hatte. Hayden berührte sie auf mehr Arten, als sie sich hätte vorstellen können.

Sein Mund verzog sich zu einem Lächeln. „Keine Einwände meinerseits. Aber ich muss jetzt meine Tasche holen.“

KAPITEL VIER

Beim Aufwachen spürte Hayden, wie sich Shanas warmer, weicher Körper an seinen schmiegte. Ihr Bett war ausgesprochen bequem und die weiche Daunendecke umfing sie mit unbeschwerter Wärme. Es war noch früh, das fahle Licht der Morgendämmerung drang durch die weißen Vorhänge. Als sie sich im Schlaf bewegte, erwachte sein Körper augenblicklich und sein Schwanz wurde innerhalb von Sekunden hart. Shana hatte ihn letzte Nacht völlig um den Verstand gebracht. Er hatte sie vom ersten Augenblick an begehrt, als er sie letzten Winter in Montana erblickt hatte. Damals hatte er einfach gedacht, er würde sich nach einer wunderschönen, attraktiven Frau sehnen, die ihm aufgrund ihrer damaligen Lebensumstände unerreichbar erschienen war, oder die er für unerreichbar gehalten hatte.

Jetzt, im kalten Licht des Morgens und mit der Erinnerung an die letzte Nacht, musste er sich überlegen, was er nun tun sollte. Wenn sie ihn wollte, konnte er sie unmöglich abweisen, aber er hatte keine Ahnung, was sie wollte. Er erinnerte sich an ihre kurze, knappe Aussage darüber, wie ihre Ehe eigentlich gewesen war. Callens Beteiligung am Schmugglernetzwerk und der Verrat und die Lügen, die er in die Welt gesetzt hatte, waren nichts im Vergleich zu dem, was er Shana angetan hatte. Hayden war ja nicht blöd. Obwohl er genug Erfahrungen mit ernsthaften Beziehungen gesammelt hatte, war er nie verheiratet gewesen. Er wusste, dass der äußere Schein einer Beziehung nicht unbedingt das wiedergab, was zwischen zwei Leuten tatsächlich geschah, nachdem er Freunde durch die Irrungen und Wirrungen einer Langzeitbeziehung begleitet hatte. Als er erfahren hatte, dass Shana Callen nur deshalb geheiratet hatte, weil sie das für richtig gehalten hatte, und er ihr anschließend keine Beachtung geschenkt hatte, war das für Hayden wie ein Schlag ins Gesicht. Shana war keine Frau, die man ignorierte. Dass Shana zusätzlich zu dem, was er ihr bereits angetan hatte, auch noch Callens Verrat an den Shiftern mitansehen musste, brachte Hayden in Rage.

Hayden wandte seinen Kopf und betrachtete Shana. Ihr goldbraunes Haar war über die Kissen verteilt. Ihre dichten Wimpern ruhten auf ihren Wangen. Ihre prallen Lippen waren rosa und noch geschwollen von seinen Küssen letzte Nacht. Er konnte nicht widerstehen und beugte sich vor, um sie zu küssen. Obwohl sein Körper sich dagegen sträubte, zwang er sich, die Berührung leicht zu halten. Nachdem er sich zurückgezogen hatte, öffnete sie ihre Augen. Ihr silbriger Blick traf auf den seinen und sein Herz setzte einen Schlag aus.

„Guten Morgen", rief er.

Ein langsames Lächeln breitete sich auf ihrem Gesicht aus. „Morgen." Dann wälzte sie sich auf die Seite und warf einen Blick auf die Uhr auf dem Nachttisch. Nachdem sie sich wieder umgedreht hatte, ließ sie ihren Fuß an seiner Wade auf und ab gleiten. Lust durchströmte ihn.

„Wir sollten aufstehen. Um wie viel Uhr wolltest du dich heute mit Dane treffen?“

„Das haben wir nicht genau vereinbart.“

Hayden hatte wirklich keine Lust aufzustehen. Er wollte hier in Shanas Armen bleiben und sich in ihr verlieren. Außerdem wollte er auf keinen Fall, dass ihr Bruder mittendrin hereinplatzte.

„Ich schätze, wir sollten aufstehen, was?“

Shana gluckste und nickte. Sie löste sich von ihm und stieg aus dem Bett. Als sie ins Badezimmer neben dem Schlafzimmer ging, genoss er den herrlichen Blick auf ihren üppigen Körper.

Einige Zeit später, nachdem er von Shanas Aufforderung, zu ihr unter die Dusche zu kommen, angenehm überrascht worden war, verließ Hayden das Schlafzimmer. Obwohl er sich ein viel längeres Schäferstündchen gewünscht hätte, hatte er seinen Körper unter Kontrolle, nachdem Shana sich in der Dusche um ihn geschlungen hatte.

Er sah sich in ihrer Wohnung um. Das Gästehaus war eine renovierte Scheune, ein imposantes Gebäude. Der Haupteingang zu diesem Wohnbereich umfasste Flügeltüren, die sich in einen bezaubernden Raum öffneten. Bunte Teppiche lagen auf dem Hartholzboden verstreut. Der vordere Teil der Scheune war in ein Wohnzimmer, einen Essbereich und eine Küche mit glänzenden Edelstahlgeräten verwandelt worden, in die Licht aus vielen Fenstern hereindrang. Der obere Teil der Scheune war offen gelassen worden. Der alte Heuboden war über eine Wendeltreppe zu erreichen und bot Platz für Bücherregale an den Wänden und eine kleine Sitzecke. Ungefähr auf halber Höhe führte ein Flur zu Shanas Schlafzimmer. Die Tür auf der Rückseite führte in das kleine Appartement, das für Hayden bestimmt war. Er fragte sich, ob er überhaupt jemals dort übernachten würde. Eine Hälfte von ihm war der Meinung, dass er das vielleicht tun sollte, während die andere Hälfte entschieden widersprach und meinte, er müsse jeden Augenblick mit Shana genießen, bis er nach Montana zurückkehrte.

Kaffeeduft lag in der Luft. Shana schenkte ihm eine Tasse ein und fing an, Frühstück zu machen. Als er sich gerade ein leckeres Omelett mit Spinat und Feta gönnte, klopfte es heftig an der Tür, bevor Dane eintrat. Shana erläuterte schnell, dass sie Hayden eingeladen hatte, in diesem Teil des Gästehauses zu wohnen, und klang so, als ließe sie keinen Widerspruch gelten.

Hayden hielt den Atem an und fragte sich, ob Dane wohl etwas zwischen ihm und Shana mitbekommen würde. In seiner Löwengestalt wäre es für Hayden fast unmöglich, seine Gefühle vor Dane zu verbergen. In seiner menschlichen Gestalt hingegen hatte er eine gewisse Chance. Hayden hatte zwar nicht das Gefühl, dass er irgendetwas verbergen musste, aber er respektierte Shanas Entscheidung, ihre Privatsphäre zu wahren. Und wenn das mit ihr nur eine vorübergehende Sache war, würde das wahrscheinlich auch so bleiben.

Du weißt doch ganz genau, dass du schon längst nicht mehr daran glaubst, dass das hier bloß was Vorübergehendes ist. Sein Verstand verhöhnte ihn mit dem Wissen um die Intimität zwischen ihm und Shana letzte Nacht. Es war unübersehbar. Er hatte nur noch keine Gelegenheit gehabt, das Ganze zu verarbeiten. Er versuchte immer noch, die Tatsache zu begreifen, dass es passiert war.

———

Später am Morgen folgte Hayden Dane in die Polizeistation. Er sah sich in dem alten Gebäude um. Ihm war schnell aufgefallen, dass es in Maine viele alte Häuser gab, die in etwas anderes verwandelt worden waren. Das konnte ein Lagerhaus sein, ein Geschäft oder auch ein Gebäude der Stadtverwaltung. Die Polizeistation von Catamount war in einem alten Kolonialgebäude untergebracht. Dane klopfte energisch an eine Tür und trat ein.

„Hank, das ist Hayden Thorne, der Kollege von Fish & Wildlife aus Montana. Weißt du noch, wie ich erwähnt habe, dass er uns besuchen wollte, um über unsere Ermittlungen zu sprechen?"

Hank war ein älterer Mann, wettergegerbt und schlank, mit dem unverkennbaren Aussehen eines Shifters. Er stand auf, kam um seinen Schreibtisch herum und streckte die Hand aus.

„Hank Anderson, Polizeichef hier in Catamount. Ich habe letzte Woche mit einem eurer Jungs da draußen gesprochen. Wir hoffen, dass wir helfen können, aber das hängt davon ab, ob die Typen, die wir dingfest gemacht haben, etwas hilfsbereiter sind."

Hayden nickte. „Klar. Ich bin froh, dass ihr offen für Vorschläge seid. Hat der Staatsanwalt denn schon verlauten lassen, ob er sich auf einen Deal einlässt, wenn wir ihm bei der Aufklärung des Falles in Montana helfen?"

Hank nickte. „Ja, das ist denkbar. Aber du weißt ja, wie das Spiel läuft. Es wird darauf ankommen, wie viel sie reden und ob es verwertbare Informationen sind."

Das Gespräch ging weiter und Hank setzte für Hayden ein paar Treffen mit dem Staatsanwalt an, der die Fälle bearbeitete. Er hatte sich bereits mit den

Anwälten der betreffenden Mandanten in Verbindung gesetzt, um deren Erlaubnis zu erhalten, dass Hayden sie befragen durfte. Danach nahm Dane Hayden mit, um sich mit Jake zu treffen.

Jakes Augen waren auf einen Computer geheftet, als sie hereinkamen. Er warf nicht einmal einen Blick in ihre Richtung. „Hey Jungs, setzt euch doch", bot Jake zerstreut an.

Hayden setzte sich auf den Stuhl, auf den Dane deutete. Er erinnerte sich, dass Jake das Computergenie war, das Callens Kontakte nach Montana zurückverfolgt hatte. Hayden wünschte sich, sie hätten jemanden in ihrer Gegend, der nur halb so gut war wie Jake. Er hoffte, dass Jake bereit wäre, etwas zusätzliche Arbeit zu übernehmen, nachdem sie das Schmugglernetzwerk in Catamount fürs Erste lahmgelegt hatten.

Dane warf Hayden einen Blick zu. „So ist Jake immer, wenn er in seinem eigenen Revier ist. Er verlässt dieses Büro fast nie. Früher war es noch schlimmer, aber dann hat er sich endlich eingekriegt und ist mit Phoebe zusammengezogen. Jetzt hat er endlich einen guten Grund, nach Hause zu gehen", bemerkte Dane mit einem Augenzwinkern.

Jake warf Dane ein zusammengeknülltes Stück Papier an den Kopf, als er sich von seinem Computer wegdrehte. „Hey, Mann, schön, dich zu sehen", begrüßte er Hayden mit einem Nicken. „Wie läuft's in Montana?"

„Wenn du nach dem Wetter fragst: Das ist großartig. Der Frühling ist im Anmarsch. Wenn du wissen willst, wie es um das Schmugglernetzwerk steht, dann nicht so gut. Es hat zwar ein paar Verhaftungen gegeben, aber das Netzwerk hat sich ziemlich verschanzt.

Ich hoffe, dass einige der Jungs hier auspacken wollen und auch was Interessantes zu sagen haben."

Jake schüttelte den Kopf und seufzte. „Klar. Ich drücke mal die Daumen. Vielleicht kannst du mir ja mal was Neues erzählen und ich recherchiere ein bisschen im Internet für dich."

„Du kannst Gedanken lesen. Ich muss sagen, bei den Cops da draußen gibt es auch ein paar Typen, die das tun, was du so machst, aber du scheinst eine Art magisches Händchen zu haben."

Dane gluckste. „Wenn Jake sich in Netzwerke einhacken und Geld klauen wollte, würde er mit Sicherheit eine Menge Kohle einstreichen."

Jake verdrehte die Augen und strich sich die hellbraunen Haare aus den Augen. „Habt ihr eigentlich schon zu Mittag gegessen?", fragte er, als er aufstand.

„Nein", antwortete Dane.

„Dann lasst uns doch zu Roxanne's gehen. Ich brauche einen Kaffee und was zu essen. Phoebe hatte Frühschicht im Krankenhaus, also gab es noch nicht mal Kaffee und Frühstück zu Hause."

Hayden folgte Dane und Jake nach draußen in den kühlen Frühlingsmorgen. Der Spätfrost schmolz, als die Sonnenstrahlen ihren Weg zur Erde fanden. Hayden sah sich um, während sie einige Blocks die Straße hinuntergingen. Catamount hatte etwas Zeitloses an sich. Die Stadt lag in den Ausläufern der Appalachen versteckt. Anders als im Westen waren die Berge hier ganz nah und ragten nicht in der Ferne empor. Neugierig las er die kleinen gemalten Schilder vor einigen Häusern, auf denen stand, wann und von wem das Haus errichtet worden war. Viele Häuser waren mehrere Jahrhunderte alt. Schließlich erreichten sie eine hübsche Grünanlage, die von einer

Granitmauer umgeben war und in deren Mitte sich gepflasterte Wege kreuzten.

Hayden fiel auf, wie alt Catamount im Vergleich zu vielen anderen Gemeinden im Westen war. Unter den Shiftern war Catamount legendär. Es war bekannt als die Geburtsstätte der Berglöwenshifter. Während es den wilden Berglöwen im Westen gelungen war, eine gesunde Bevölkerungsdichte aufrechtzuhalten, verschlechterte sich die Situation im Osten schon vor Hunderten von Jahren. Hätten Berglöwen nicht die Fähigkeit entwickelt, sich zu wandeln, wäre im Osten ihre Existenz bedroht gewesen. So aber galten sie in diesem Teil des Landes als ausgestorben. Shifter hatten sich nach und nach in Nordamerika ausgebreitet und sich mit wilden Berglöwen und Menschen gepaart. Hayden hatte jede Menge Gründe gehabt, nach Catamount zu kommen, um die Ermittlungen gegen das Schmugglernetzwerk fortzusetzen, aber er war auch aus reiner Neugierde gekommen, um den Ort zu besichtigen, an dem die Shifter ihre Kräfte erlangt hatten. Sogar seine eigene Familie stammte ursprünglich aus Catamount. Shifter hatten sich gezielt ausgebreitet, um zu verhindern, dass die Berglöwen in anderen Regionen jemals der Gefahr ausgesetzt waren, mit der sich die Berglöwen im Osten herumschlagen mussten. Die Menschen wären fassungslos, wenn sie wüssten, wie viele Shifter unter ihnen lebten.

Hayden folgte Jake und Dane in Roxanne's Country Store. Als er neulich hier vorbeigekommen war, hatten ihn das fröhliche Schild und die hellblaue Tür angelockt, und außerdem hatte er nach dem langen Flug von Montana einen Kaffee gebraucht. Im vorderen Teil des Ladens gab es Lebensmittel und andere Kleinigkeiten. Jake führte sie durch die Gänge in den hinteren Bereich, in dem sich ein Sandwichladen und ein Café befanden. Die Tische waren überall verstreut, die meisten waren besetzt. Als sie an den Tresen traten, grinste Roxanne sie an.

„Hey Jungs, was darf's heute sein?"

Ihre strahlend blauen Augen trafen Haydens Blick. „Schön, dich wiederzusehen."

Dane gluckste. „Roxanne, das ist Hayden ..."

Sie machte eine abwinkende Handbewegung und ihr blonder Pferdeschwanz wippte, als sie zwischen den beiden hin und her blickte. „Wir haben uns doch schon gestern kennengelernt, als er hier auf einen Kaffee vorbeigekommen ist."

Dane zog die Augenbrauen hoch. Er sah Hayden an und deutete auf Roxanne. „Roxannes Familie ist eine der Gründerfamilien von Catamount. Roxanne hat den Laden von ihrem Großvater geerbt. Wenn du also auf der Suche nach örtlichen Neuigkeiten und Klatsch bist, ist Roxannes Laden sozusagen der Nabel der Welt in Catamount." Dann wandte sich Dane wieder an Roxanne und fuhr fort: „Falls du dich erinnerst, war Hayden uns drüben in Montana eine große Hilfe. Wir hoffen, dass wir uns jetzt bei ihm erkenntlich zeigen können."

Hayden hatte schon vermutet, dass Roxanne eine Shifterin war, aber Danes Hinweis, dass ihre Familie zu den Gründerfamilien von Catamount gehörte, bestärkte ihn darin. Shifter lebten überall nach einem Ehrenkodex. Abgesehen von einer Vermutung gaben sich Shifter anderen gegenüber nur zu erkennen, wenn es sicher war. Roxanne schenkte ihm wieder ihr breites Lächeln.

„Ich habe viel darüber gehört, wie sehr du den Jungs geholfen hast, nachdem sie aus Montana zurückgekommen sind. Allerdings soll das Schmugglernetzwerk da draußen immer noch aktiv sein."

Hayden nickte. „Leider. Es hat sich dort seit ein paar Jahren ziemlich gut etabliert. Ich weiß nicht, ob wir es jemals ganz ausrotten können, denn sowas ist wie ein Torfbrand. Der kann jahrelang unter der Erde schwelen und dann immer wieder ausbrechen. Ich hoffe aber, dass wir mehr Glück haben, wenn wir einige der Hauptakteure zur Strecke bringen."

Roxanne nickte entschlossen. „Ja, natürlich. Aber bis dahin: Willkommen in Catamount. Aber sei vorsichtig, vielleicht möchtest du ja bleiben. Du weißt ja, was man über Maine sagt."

Haydens Verblüffung musste ihm ins Gesicht geschrieben sein, denn Roxanne klärte ihn auf. „Das Leben, wie es sein sollte. Das ist das Motto des Bundesstaats."

Hayden schmunzelte, während seine Gedanken zu Shana wanderten. Maine war zwar ganz hübsch, aber nicht annähernd so bezaubernd wie Shana. Er zwang seine Gedanken von Shana weg und nickte Roxanne zu. „Das kann ich verstehen. Es ist wunderschön hier."

„Wie auch immer, was kann ich euch bringen?"

Nach einer köstlichen Tasse Kaffee und einem herzhaften Sandwich zum Mittagessen lehnte sich Hayden in seinem Stuhl zurück. Dane und Jake unterhielten sich beiläufig über einige der Spuren, die Jake in Montana verfolgen könnte. Hayden spürte ein Kribbeln in seinem Nacken und drehte sich um, als er Shana auf ihren Tisch zugehen sah. Sein Körper spannte sich sofort an. Ihr hellbraunes Haar fiel ihr locker um die Schultern. Phoebe Devine, Jakes Verlobte, war an ihrer Seite, ihren Blick einzig auf Jake gerichtet. Shanas silberne Augen trafen kurz seine. Er spürte, wie die Luft zwischen ihnen zum Leben erwachte. Verdammt. Er musste alle seine Reserven mobilisieren, um sich in ihrer Nähe zu beherrschen.

Am liebsten wäre er einfach aufgesprungen, hätte sie über einen der Tische gebeugt und sie genommen – genau hier, genau jetzt.

Das war jedoch nicht möglich. Sie trug enganliegende Leggings und Stiefel, die die Konturen ihrer Beine und Hüften umschmeichelten. Eine wallende lilafarbene Bluse mit Rundausschnitt enthüllte den Ansatz ihrer üppigen Brüste. Haydens Schwanz zuckte. Er atmete tief durch und zwang sich, den Blick von ihr abzuwenden.

Als die beiden am Tisch angekommen waren, blieb Shana zurück. Phoebe beugte sich vor, um Jake zu küssen. Jake zögerte nicht, seine Hand in ihren dunklen Locken zu versenken und sie zu einem richtigen Kuss heranzuziehen. Als Phoebe sich von ihm löste, waren ihre Wangen gerötet.

„Wie oft muss ich euch noch sagen, dass ihr euch zurückhalten sollt?" Roxannes verschmitzte Bemerkung erklang über Haydens Schulter.

Jake grinste, während Phoebe noch mehr errötete.

Roxanne gackerte und füllte ihre Kaffees nach, bevor sie weiterging. Phoebe sah Hayden in die Augen.

„Schön, dich zu sehen. Wie war dein Flug?"

„Ereignislos", antwortete er mit einem Lächeln. „Was gibt's Neues bei euch?"

Das Gespräch nahm seinen Lauf, und überall gab es Neuigkeiten zu berichten. Shana schwieg, aber ihre Anwesenheit war nicht zu übersehen. Zumindest nicht für seinen Körper. Jede kleine Bewegung, die sie machte, zog seine Aufmerksamkeit auf sich. Er war heilfroh, dass er an einem Tisch saß, denn sonst wäre seine Erregung leicht zu erkennen gewesen. Er hoffte nur, dass er sie wegzaubern konnte, bevor es Zeit war, aufzustehen.

KAPITEL FÜNF

Shana sah die Landschaft an sich vorbeiziehen, während sie auf dem Beifahrersitz von Phoebes Auto saß. Phoebe war nach ihrer Schicht im Krankenhaus vorbeigekommen und hatte Shana überredet, in die Stadt mitzukommen, um ein paar Besorgungen zu machen und bei Roxanne's zu Mittag zu essen. Shana hatte nicht damit gerechnet, Hayden dort zu begegnen, und seine Anwesenheit hatte sie ziemlich aus der Bahn geworfen. Irgendwie hatte sich dieser Morgen so leicht und wie ein Traum angefühlt. Sie war in seinen Armen aufgewacht und von Gefühlen überwältigt gewesen. Sie hatte zwar gewusst, dass sie ihn wollte, aber sie hatte keine Ahnung gehabt, wie es sein würde, mit ihm tatsächlich intim zu werden. Er hatte sie über all ihre Grenzen getrieben und sie völlig überwältigt und zufrieden zurückgelassen.

Statt mit Zweifeln aufzuwachen, hatte sie sich so leicht gefühlt wie seit Jahren nicht mehr und hatte sich nicht mal darum Sorgen gemacht, Dane gegenüber seine Anwesenheit zu erklären. Die Stunden dazwischen hatten jedoch ihre Bedenken wieder in den Vordergrund gerückt. Dabei wollte sie doch nur wieder mal dieses gewisse Gefühl empfinden. Sie hatte gedacht, bei Hayden wäre sie sicher. Immerhin lebte er am anderen Ende des Landes. Er war der ideale Kandidat für einen Seitensprung. Sie hatte allerdings nicht damit gerechnet, wie ihr Herz reagieren würde. Ihr Körper war zum Leben erwacht und ihr Herz hatte sie aufgefordert, auf das zu hören, was es wollte. Was eigentlich nichts weiter als Sex sein sollte, war mit Hayden so viel mehr. Zum einen war der Sex selbst mehr als heftig. Aber inmitten der tiefsten sexuellen Erfahrung, die sie je gemacht hatte, hatte sich ihr Herz gemeldet und sie davon überzeugt, dass Hayden für sie bestimmt war.

Sie hatte nie sonderlich viel von der Vorstellung gehalten, dass es unter Shiftern üblich war, dass man als Gefährten füreinander bestimmt war. Außerdem hatte sie noch nie einen Mann getroffen, der sie so sehr in den Bann gezogen hätte wie Hayden. Wenn es nach dem Willen ihrer Berglöwin ginge, wäre sie Hayden bis ans Ende der Welt gefolgt. Und das jagte ihr eine Heidenangst ein. Was sie jedoch trotz ihrer Angst nachdenklich stimmte, war die schlichte Erkenntnis, dass die Ehe wohl nie zustande gekommen wäre, wenn sie auf ihre Shifterseite gehört hätte, bevor sie Callen geheiratet hatte. Die Zweifel hatten in ihr geschwelt, aber sie hatte sie beiseitegeschoben und dafür teuer bezahlt. Und nun, wo sie die tiefen Gefühle ihrer Berglöwin für Hayden erkannt hatte, hatte sie nicht den Mut, ihrem Herzen zu folgen.

„Erde an Shana? Kannst du mich hören?"

Phoebes Stimme unterbrach sie in ihren Gedanken. Sie wandte sich um und blickte zu Phoebe, die vor dem Gästehaus, in dem Shana wohnte, angehalten hatte.

„Hm?"

Phoebe zog eine Augenbraue hoch. „Ob du gehört hast, was ich gerade gesagt habe?"

Shana errötete und schüttelte ihren Kopf.

Phoebe schnallte sich ab und griff nach ihrer Handtasche. „Ich habe dich gefragt, ob ich mir deine alte Nähmaschine ausleihen kann. Meine ist gestern kaputtgegangen. Ich habe sie schon so oft repariert, dass ich finde, dass es Zeit ist, mir eine andere zu besorgen. Du benutzt doch die alte, die du von deiner Mutter erhalten hast, nie, also habe ich gehofft, dass ich sie mir ausleihen könnte, bis ich eine neue habe."

„Von mir aus kannst du sie gern haben."

Phoebe grinste und stieg aus dem Auto. „Dann holen wir sie uns doch gleich."

Shana ging voran ins Haus und steuerte den großen Schrank im Flur an. Nachdem sie die Nähmaschine herausgeholt hatte, stellte Phoebe sie auf den Küchentisch und nahm sie in Augenschein.

Shanas Brust fühlte sich an, als würde sie gleich platzen. Während sie hier stand und darüber nachdachte, was letzte Nacht mit Hayden passiert war, wollte sie Phoebe unbedingt die Wahrheit über ihre Ehe erzählen. Phoebe war ihre engste Freundin. Shana hatte nie ganz verstanden, warum sie das Bedürfnis gehabt hatte, die Wahrheit über Callen vor Phoebe zu verbergen, aber ihr war das Ganze so unangenehm gewesen.

Phoebe war gerade damit beschäftigt, einige Einstellungen an der Nähmaschine durchzugehen, als Shana ihr Geheimnis preisgab.

„Als Callen gestorben ist, haben wir seit zwei Jahren nicht mehr im selben Bett geschlafen."

Eine Schere fiel klappernd zu Boden. Phoebes

dunkle Augen trafen auf Shanas, und sie blickte sie verwundert an.

„Was?"

„Du hast mich schon verstanden."

„Du und Callen habt vor seinem Tod zwei Jahre lang nicht mehr im selben Bett geschlafen?"

Shana nickte und Erleichterung machte sich in ihrer Brust breit.

„Was soll das heißen?"

„Das heißt, dass unsere Ehe eine Lüge war. Callen hat mich nie geliebt. Ich versuche mich immer wieder daran zu erinnern, wann wir das letzte Mal Sex gehabt haben, aber das kann ich nicht. Ich weiß, dass es mehr als zwei Jahre vor seinem Tod gewesen sein muss. Wenn er unterwegs war, hat er immer wieder Affären gehabt. Das weiß ich, weil er sich nie die Mühe gemacht hat, es vor mir zu verbergen." Shana hielt inne, es schnürte ihr die Kehle zu und Bitterkeit mischte sich mit ihrem Schmerz.

Als Callen gestorben war, war sie zutiefst betroffen. Denn obwohl ihre Ehe eine Katastrophe gewesen war, hatte sie doch daran geglaubt, dass er sich um sie genauso gesorgt hatte wie sie sich um ihn. So war das vergangene Jahr die Hölle auf Erden gewesen, als sein Verrat durch die Reihen der Shifter in Catamount ging und sie misstrauisch beäugt wurde. Sie wünschte sich, sie hätte ihren engsten Freunden erzählt, wie schlimm es zwischen ihnen gestanden hatte, um ihre Gefühle verarbeiten zu können. Aber es war zu viel passiert, und sie konnte nicht mehr klar denken.

Phoebe stand auf und nahm Shana in die Arme. „Oh Schatz, warum hast du mir nicht gesagt, was los ist? Das tut mir so leid. Die ganze Zeit habe ich mir Sorgen gemacht, dass du versuchst, mit seinen Taten klarzukommen, dabei war es doch viel mehr als das."

Sie zog sich zurück, ihre Augen schimmerten vor Tränen. „Zwei Jahre? Callen war ein verdammtes Arschloch. Er hat dich nie verdient. Niemals. Ich habe ja nie sonderlich viel von ihm gehalten, aber das weißt du ja. Allerdings hatte ich ja keine Vorstellung, dass es so schlimm war."

Shanas Tränen flossen jetzt in Strömen. Sie nickte stoßweise. „Ich weiß, dass du ihn nicht gerade angebetet hast, aber du hast dich trotzdem redlich bemüht. Eigentlich hätte ich etwas sagen sollen, hätte mich von ihm scheiden lassen sollen. Aber ich habe gedacht, meine Eltern wollten, dass ich ihn heirate. Sie waren so begeistert von der Vorstellung, Gründerfamilien zusammenzuführen. Am Anfang war es gar nicht so schlimm. Ich hätte nie gedacht, dass es so schwierig werden würde. Zum Zeitpunkt seines Todes habe ich gerade den Mut aufgebracht, mit dir darüber zu reden und hätte mich vielleicht sogar von ihm scheiden lassen. Und dann ist alles in die Luft geflogen. Aber mittlerweile habe ich es so satt, das Ganze zu verheimlichen, dass ich endlich etwas sagen musste."

Shana kämpfte mit ihren Tränen. Phoebe wandte sich ab und trat an den Küchentisch. Dort schnappte sie sich eine Serviette und reichte sie Shana. Nachdem sie sich die Augen abgewischt hatte, holte Shana zaghaft Luft.

„So, das ist alles, was ich dir zu sagen hatte. Es fühlte sich zwar gewaltig an, aber eigentlich war es gar nicht so schlimm", erklärte sie. Ein Knoten aus Schmerz und Bitterkeit, der sich um ihr Herz geschlungen hatte, löste sich endlich und ein Gefühl der Erleichterung und Offenheit trat an seine Stelle.

Phoebe beobachtete sie aufmerksam. „Es war tatsächlich gewaltig. Möchtest du denn, dass jemand anderes auch davon erfährt?"

„Keine Ahnung. Ich habe es so satt, dass Dane mich wie ein rohes Ei behandelt, vielleicht wäre es gut, wenn er davon wüsste. Ich möchte nichts davon an die große Glocke hängen, weil es mir unangenehm ist, aber ich möchte auch nicht so tun, als hätte ich eine großartige Ehe mit Callen gehabt. Ehrlich gesagt, waren wir am Ende, als er gestorben ist. Ich fühle mich schrecklich, weil er so sterben musste. Trotz allem, was er getan hat, ist es wirklich schrecklich, was mit ihm passiert ist. Das geht mir echt nahe. Ach, es ist einfach alles so furchtbar."

Shana ließ sich mit einem dumpfen Geräusch auf dem Stuhl neben Phoebe nieder und knüllte die Serviette in ihren Händen zusammen. Phoebe war einen Augenblick lang still.

„Soll ich dir einen Kaffee oder Tee machen? Oder wie wäre es, wenn wir am Nachmittag eine kleine Happy Hour veranstalten?"

Shana konnte sich ein Lächeln nicht verkneifen. Phoebe wäre den ganzen Tag und die ganze Nacht bei ihr geblieben, wenn Shana das gebraucht hätte.

Sie warf einen Blick auf ihre Uhr. „Es ist schon vier. Da können wir ruhig ein Glas Wein trinken, ohne dass man uns als Säuferinnen abstempeln könnte."

Phoebe grinste. „Allerdings!" Sie löste sich wieder von ihr und holte eine Flasche Rotwein aus dem Weinregal und brachte sie zusammen mit zwei Gläsern an den Tisch. Nachdem sie sie eingeschenkt hatte, stieß sie mit ihrem Glas an.

„Auf die Zukunft."

Shana nahm einen Schluck Wein und stellte ihr Glas auf den Tisch. „Du hast ja keine Vorstellung davon, was für eine Erleichterung es ist, dass das jetzt raus ist!"

Phoebe nickte. „Das kann ich mir schon denken.

Die letzten Jahre waren die Hölle für dich, und ich habe bis jetzt nicht einmal gewusst, wie schlimm es war."

„Ich denke, man kann es auch so sehen, dass es nur noch besser werden kann."

Phoebe zuckte mit den Schultern. „Schon möglich. Ich werde mal Jake anrufen und ihn bitten, mich später abzuholen. Ich möchte mir keine Gedanken darüber machen müssen, wie viel ich trinke. Vielleicht sollten wir auch Roxanne und Lily anrufen. Ich bin dafür, gleich alles auf einmal zu regeln. Und was ist mit Chloe?"

Einige Stunden später warf Shana einen Blick in die Runde ihrer Freundinnen. Roxanne unterhielt sich mit Chloe darüber, was ins Gewächshaus kommen sollte, während Lily und Phoebe in der Küche die Reste des spontanen Abendessens wegräumten. Shana hatte zwar nicht vorgehabt, das Ganze zu einer kleinen Feier werden zu lassen, aber sie war mehr als erleichtert, dass sie die Wahrheit über ihre vergangene Ehe vor ihren engsten Freundinnen nun nicht mehr länger schönreden musste.

Da betraten Dane, Jake, Hayden und Noah Jasper den Raum. Dane war da, um Chloe abzuholen. Jake wollte Phoebe mitnehmen, wie versprochen. Und Noah Jasper war wegen Lily, Jakes jüngerer Schwester, da. Shana freute sich riesig für ihre Freundinnen, auch wenn ihr Herz von einem stechenden Schmerz durchzuckt wurde, als sie an ihre eigene Situation dachte.

Roxanne kümmerte sich darum, zu klären, wer mit wem mitfahren würde. In der Zwischenzeit wanderte Shanas Blick zu Hayden und ihr blieb die Luft weg. Ihr Puls beschleunigte sich, als seine karamellfarbenen Augen auf den ihren landeten. Sie war erleichtert, dass alle anderen damit beschäftigt waren, sich ihre Jacken anzuziehen und ihr und Hayden nicht die geringste Beachtung schenkten. Denn wenn sie das getan hätten, hätten sie mit Sicherheit das Feuer bemerkt, das zwischen ihnen loderte. Sogar quer durch den Raum konnte sie seine Anwesenheit spüren. Ihr Körper begann zu surren. Sie musste dem Drang widerstehen, zu ihm hinüberzugehen.

Einen langen Augenblick später war das Treiben um sie herum verstummt. Nur Phoebe war noch da. Jake hatte die Nähmaschine zu seinem Wagen getragen, während Phoebe ihre Jacke übergestreift hatte. Sie warf einen Blick zu Shana und dann zu Hayden hinüber. Ihr Blick verengte sich, aber sie sagte kein Wort. Dann trat sie an Shanas Seite, die sich mit den Hüften auf dem Küchentisch abstützte.

Phoebe umarmte sie kurz und flüsterte ihr ins Ohr: „Dieser Mann will dich. Falls du das noch nicht mitbekommen hast." Ihre Augen funkelten schelmisch, als sie sich zurückzog.

Ohne sich noch einmal umzudrehen, durchquerte Phoebe den Raum und verließ mit einem Winken zu Hayden die Tür. Als sich die Tür hinter Phoebe schloss, herrschte Stille im Raum.

Hayden stand an der Küchentheke, die Hände in den Taschen, den Blick auf sie gerichtet. Die Luft fühlte sich quicklebendig an, durchdrungen von der Hitze ihrer Anziehungskraft. Nur ein Blick von ihm, und ihr Mund wurde staubtrocken und sie hatte Mühe, wieder zu Atem zu kommen. Ihr Bauch kribbelte und das Verlangen zog sich in ihrer Mitte zusammen. Sie spürte die Feuchtigkeit zwischen ihren Schenkeln und sehnte sich augenblicklich nach seinen Berührungen dort, nach irgendetwas, um die heftige Sehnsucht zu stillen.

Wie in Zeitlupe stieß er sich von der Theke ab und

ließ seine Hände aus den Taschen gleiten. Ein paar lange Schritte und er stand vor ihr, seine Hitze und Kraft brachten sie fast um den Verstand. Um sie herum erwachte die Luft zum Leben. Shanas ganzer Körper kribbelte vor Verlangen. Seine Schultern hoben und senkten sich mit einem tiefen Atemzug. Sie konnte sehen, wie sein Puls an seinem Hals schlug, kräftig und gleichmäßig.

„Wir haben noch nicht darüber gesprochen, wie es nun weitergehen soll. Du hast gesagt, du hast keine großen Erwartungen. Aber was ist, wenn doch mehr an der Sache dran ist?", fragte er mit rauer Stimme.

Ihr Puls raste wie wild. Hoffnung durchzuckte sie. Eine Hoffnung, die sie schon vor langer Zeit aufgegeben hatte. Wenn sie ihrer inneren Wildkatze Glauben schenken durfte, wusste sie schon jetzt, dass mehr dahintersteckte als bloß eine zwanglose Begegnung ohne Erwartungen. Aber sie war völlig unvorbereitet und noch nicht bereit dafür, zu ergründen, was sie empfand. Sie wusste, dass sie die romantischen Gefühle für Callen schon lange abgelegt hatte. Die waren schon Jahre vor seinem Tod verflogen. Ihre Gefühle für Hayden waren da eine völlig andere Geschichte.

Sie holte tief Luft und versuchte, ihre Gedanken zu ordnen, während ihr Puls pochte und das Verlangen durch ihre Adern schoss. „Wenn mehr dahinter steckt, werden wir das schon herausfinden." Ihre Stimme klang ganz heiser.

Hayden musterte Shana und rang darum, sich zusammenzureißen. Ihr honigfarbenes Haar floss locker über ihre Schultern, ihre silbernen Augen schimmerten wie Rauch und ihre Lippen waren so rosa, so einladend. Er hörte ihre Worte und versuchte, sie zu deuten. Am liebsten hätte er sie gedrängt, hätte mehr verlangt. In jeder freien Minute waren seine Gedanken heute zu ihr gewandert. Tief drin wusste er genau, dass sie für ihn bestimmt war. Doch jetzt war nicht der richtige Zeitpunkt, um sie zu bedrängen. Also nahm er einfach an, was sie ihm zu geben bereit war.

Er trat näher an sie heran, schlang seine Hände in ihr Haar und brachte seinen Mund auf den ihren. Mit einem Mal wurde das leise Brennen, das er den ganzen Tag in sich getragen hatte, zu einem Lauffeuer. Er ließ eine Handfläche über ihren Rücken gleiten, um ihren sanften und vollen Hintern zu umfassen, und zog sie gegen seine Erregung. Ihr Mund öffnete sich keuchend, und er ließ seine Zunge in sie eindringen. Die Lust pochte in ihm. Ihr Kuss versengte ihn regelrecht. Sein Schwanz drückte gegen seine Jeans. Er wusste nicht, ob er sich heute Abend zurückhalten konnte.

Sie wand sich in ihm und ein leises Wimmern drang aus ihrer Kehle. Da löste er seine Lippen von ihr, um ihre Haut zu schmecken und einen heißen, feuchten Weg über ihren Hals zu ziehen. Er genoss die Schauer, die sie daraufhin durchfuhren. Als er an ihrer Bluse zerrte, riss die bei seiner groben Berührung und enthüllte lilafarbene Spitze, die ihre üppigen Brüste kaum zu halten vermochte. Durch die Spitze schimmerte ein Hauch von Altrosa zu ihm durch. So schloss er seinen Mund über eine der Brustwarzen, direkt durch die Spitze hindurch. Sie bäumte sich keuchend auf. Bevor er seinen Daumen unter den winzigen Verschluss ihres BHs schob, tränkte er ihre beiden Brustwarzen. Sogleich purzelten ihre Brüste heraus.

Shana schob ihre Hände unter sein Hemd und streifte es ihm über die Schultern. Er lehnte sich gerade weit genug zurück, um es sich vom Kopf zu ziehen und quer durch den Raum zu schleudern. Dann zog sie ihn zu sich heran. Das Gefühl ihrer Haut, weich und feucht vor Leidenschaft, ließ sein Verlangen nur noch weiter anwachsen. Ihre Nägel bohrten sich in seinen Rücken. Ihre Lippen, Zähne und Zunge erforschten seine Brust und knabberten an seinem Hals. Ihre Hände machten sich daran, seine Jeans aufzuknöpfen. Als sie ihre Hand in seinen Slip schob und ihre Handfläche um seinen Schwanz legte, sank sein Kopf mit einem Stöhnen zurück. Sie schob ihn ein Stückchen von sich und kniete sich vor ihn. In Windeseile schob sie seine Jeans und seinen Slip um seine Hüften und nahm ihn in den Mund.

Hayden wäre fast auf der Stelle gekommen. Er rang um Fassung und konnte sich gerade noch so zurückhalten. Die warme, feuchte Hitze ihres Mundes brachte ihn fast um den Verstand. Sie war langsam und schnell, wild und sanft zugleich. Sie leckte über seine Länge, umfasste seine Eier leicht mit ihren Händen und reizte ihn bis an die Grenze seiner Beherrschung, bevor sie ihn ganz in ihren Mund zog und ihn bis zum Anschlag in sich aufnahm. Er stieß gedämpft ihren Namen aus und zog sie hoch. Dann strich er mit seinen Händen über ihre Seiten und umschloss auf dem Weg nach unten für einen Augenblick ihre Brüste. Danach wanderten seine Hände weiter und hakten sich gleichzeitig in ihre Leggings und ihr Höschen ein, um sie herunterzuschieben. Begierig darauf, sich nur noch in sie zu versenken, drehte er sie herum und fummelte in seiner Tasche nach einem Kondom.

———

Shana drehte sich um und stützte ihre Hände auf dem Küchentisch ab. Sie spürte, wie die samtige Hitze von Haydens Schwanz ihre Spalte berührte. Nun war sie nicht mehr zu halten, sie war durchtränkt von der Sehnsucht nach ihm. Da vernahm sie das Geräusch einer zerreißenden Folie. Ihre Vorfreude stieg. Sie stemmte sich gegen seine Hüften, ein leises Keuchen drang aus ihrer Kehle. Dann schob er sein Knie zwischen ihre Schenkel und drückte sie auseinander. Er streichelte ihre Schamlippen und stieß dabei tief in ihren Kanal vor. Aber das war noch lange nicht genug, es heizte das Verlangen, sich von ihm ausfüllen zu lassen, nur noch mehr an.

„Das reicht nicht ...“

Ihre Worte kamen zwischen rasenden Atemzügen heraus, als sie sich in ihm zurückwölbte.

„Ich brauche ...“

„Das hier.“ Er biss zu, als er in sie eindrang und bis zum Anschlag in ihr versank. Sie schrie auf, schluchzte fast vor Erleichterung. Eine seiner Hände umfasste ihre Hüfte, als er begann, in sie hinein und wieder heraus zu stoßen. Die andere glitt in einer glühenden Bewegung ihren Rücken hinauf, bevor sie sich in ihren Haaren verfing und sie mit jedem Stoß an sich heranzog. Ihr Kanal pochte um ihn herum. Sie war so nah dran, so nah an der Erfüllung, und steuerte geradewegs auf die Erlösung zu. Seine Hüften stießen in sie, mit kräftigen, tiefen Stößen. Während sie sich in ihm wölbte, bewegten sich ihre Hüften wieder und wieder gegen die seinen. Sie ließ sich einfach treiben. Die Lust überrollte sie, und sämtliche Gefühle brachen über sie herein. Er ließ seine Hand um ihre Vorderseite gleiten, fand sofort ihre Klitoris und übte gerade

so viel Druck aus, dass sie aufschrie, als ihr Orgasmus sie schließlich erfasste. Während sie sich um ihn herum zusammenzog und pochte, stieß er kräftig in sie hinein und sein eigener Schrei antwortete dem ihren.

Der Tisch und Haydens starker Griff um ihre Hüfte waren das Einzige, was sie noch aufrecht halten konnte. Mit gesenktem Kopf versuchte sie, wieder zu Atem zu kommen. Langsam lockerte er seinen Griff um ihr Haar. Nach einigen langen Augenblicken ließ er seine Hüften langsam zurückgleiten. Auf der Stelle vermisste sie die Fülle in ihrem Inneren. Sie verlagerte ihr Gewicht auf ihre Hände und drehte sich um. Doch er ließ sie nicht los. Er folgte einfach ihrer Drehung und ließ seine Hände wieder auf ihre Hüften gleiten, während sie sich gegen den Tisch lehnte.

Sie hob ihren Blick zu ihm und blinzelte über die Leidenschaft, die sie dort fand. Sie wusste, dass sich diese in ihrem eigenen Blick widerspiegelte, aber das änderte nichts daran, wie überrascht sie war. Sie hatte sich selbst bloß wieder mal die Gelegenheit geben wollen, etwas zu fühlen, mit jemandem, von dem sie sich leicht wieder lösen können würde. Aber Hayden hatte sich als das genaue Gegenteil erwiesen. Er war all das, was sie wollte, auch wenn sie noch nicht einmal genau wusste, was sie eigentlich wollte. Nach Callen wäre sie mit ein paar Affären vollkommen zufrieden gewesen, aber sie hatte nie vorgehabt, sich an jemanden zu binden. Sie hatte sich bloß nach etwas Frieden und Ablenkung gesehnt. Dieses elektrisierende, jenseitige, überwältigende Gefühl überstieg ihr Verständnis.

Da stupste ihre Katze ihr Bewusstsein an, den einen Teil von ihr, den sie verstand. Sie holte tief Luft. Sein warmer Blick glitt über sie, bevor er seine Hände sinken ließ. „Dusche?", fragte er und verzog seinen Mund zu einem schmalen Lächeln.

Sie nickte, ein Lächeln erblühte in ihrem Herzen und ihre Lippen folgten ihm. Sie spürte, dass er vielleicht noch mehr sagen wollte, aber er hielt sich zurück. Und darüber war sie heilfroh. Sie wusste, dass es einen Punkt geben würde, an dem sie sich nicht mehr zurückhalten konnte, und vielleicht hatten sie diesen Punkt ja auch schon überschritten, aber im Augenblick war sie noch nicht bereit, das, was sich da zwischen ihnen anbahnte, allzu genau zu betrachten.

KAPITEL SECHS

Hayden wandte sich um, als sich die Tür zu Jakes Büro öffnete. Noah Jasper trat ein. Hayden hatte Noah am Vortag kennengelernt und erfahren, dass er maßgeblich an den Ermittlungen gegen die Shifter hier vor Ort beteiligt gewesen war. Noah sollte ihn zum Bezirksgefängnis begleiten, um sich dort mit seinem Onkel, Theo Jasper, zu treffen. Die Jaspers hatten Verwandte in Montana, nämlich Carl Jasper, der Jake zu Theo geführt hatte.

Jake war in die Arbeit an seinem Computer vertieft und nickte kaum, als Noah den Raum betrat. Nach längerem Schweigen wandte sich Noah an Hayden.

„Du wirst dich schon noch an ihn gewöhnen", erklärte Noah und deutete auf Jake. „Er lässt so ziemlich alles und jeden links liegen, wenn er arbeitet."

Da mischte sich Jake ein. „Das mache ich doch nicht absichtlich, ich bin einfach konzentriert." Er wandte sich von seinem Computer ab und lächelte verlegen. „Ich habe es sogar geschafft, die E-Mails von ein paar der Decknamen, die ihr aus Montana mitgebracht habt, zurückzuverfolgen." Er zog die Augenbrauen hoch, als er in Noahs Richtung blickte.

Noah gluckste. „Es hat doch niemand bestritten, dass du was draufhast."

Jake wurde wieder ernst. „Noah nimmt dich mit ins Bezirksgefängnis. Theo ist sein Onkel, also kann er ihn vielleicht eher dazu bringen, mit uns zusammenzuarbeiten."

„Theo mag zwar mein Onkel sein, aber wir haben uns nie nahegestanden. Theo sorgt sich bloß um Theo. Er hat nicht gerade viele Freunde. Schwer zu sagen, wie viel er über die Vorgänge in Montana weiß. Aber er ist auch nicht bescheuert. Er wird sich nichts ausdenken, denn das könnte sich als Bumerang erweisen. Wenn er was weiß und glaubt, dass er dadurch seine Strafe verkürzen kann, packt er wahrscheinlich aus."

Hayden nickte. „Ich unterhalte mich mit jedem, der bereit ist, mit mir zu reden. Die Polizei da draußen hat haufenweise kleine Fische festgenommen. Jetzt würden sie sich zu gerne mal ein richtig hohes Tier schnappen."

Noah nickte und erhob sich. Jake sah ihm dabei in die Augen. „Wo ist Lily heute eigentlich?"

„Sie arbeitet zu Hause. Du kennst sie ja, sie ist dir sehr ähnlich. Sie vergräbt ihren Kopf in Computercodes und taucht nur ab und zu zum Luftschnappen auf. Sie hat vorgeschlagen, dich und Phoebe bald zum Abendessen einzuladen."

Jake nickte. „Sagt mir einfach, wann." Dann wechselte er das Thema. „Ruf mich an, sobald ihr mit Theo gesprochen habt."

Anschließend verließen Hayden und Noah Jakes Büro. Noah bot an, zu fahren, und Hayden nahm das Angebot an. Catamount lag im nördlichen Teil des

Bezirks, also ging es durch die Berge nach Süden. Noah machte es nichts, dass die beiden sich nicht lebhaft miteinander unterhielten, was Hayden sehr zu schätzen wusste. Hayden betrachtete die Landschaft, während sie nach Süden fuhren, und dachte darüber nach, wie es wohl wäre, sich hier zu wandeln. In mancher Hinsicht war es im Westen sicherer, da dort Berglöwen in freier Wildbahn umherstreiften, andererseits war es aber auch gefährlicher. In manchen Gegenden war das Jagen erlaubt, sodass die Shifter während der Jagdzeit gleich doppelt vorsichtig sein mussten. Da die Berglöwen im Osten schon seit über einem Jahrhundert auf dem Rückzug gewesen waren, bevor sie für ausgestorben erklärt wurden, hatte die Art auch jahrzehntelang unter Schutz gestanden. Wenn jemand in den Wäldern zufällig einem Shifterlöwen begegnete, taugte das zwar als Schauergeschichte, war aber ansonsten für Shifter harmlos.

Die Straße schlängelte sich durch die Hügel. Haydens Gedanken wanderten zu Shana, denn immer, wenn er nicht gerade mit anderen Dingen beschäftigt war, schweiften seine Gedanken zu ihr. Er konnte nicht glauben, dass er vor ein paar Tagen in Montana aufgewacht war, ohne dass Shana seine Gedanken beherrscht hatte. Die kurzen Begegnungen mit ihr in Bozeman waren ihm zwar in lebhafter Erinnerung geblieben, aber er war ihr nicht nahe genug gekommen, um die Tiefe der Verbindung zwischen ihnen zu erkennen. Gerade mal zwei Nächte mit ihr waren vergangen und sein ganzes Wesen wurde in ihre Richtung gedrängt, sobald sie in der Nähe war. Obwohl seine Löwenseite genau wusste, dass das, was er bei ihr fühlte, weit über das hinausging, was er nach der ersten Nacht erwartet hatte, hatte er versucht, die Sache vor der letzten

Nacht kleinzureden. Heute machte er sich gar nicht erst die Mühe. Er hatte angenommen, dass nichts mit der ersten Nacht zu vergleichen sei. Doch inzwischen war ihm klar, dass es Shana war, mit der niemand zu vergleichen war. Wenn er seinem Löwen erlaubte, in seine Gefühle einzudringen, konnte er sich nicht vorstellen, sie jemals wieder zu verlassen. Allerdings wusste er, dass sie sich da nicht sicher war.

Obwohl sich seine zwiespältigen Gefühle angesichts ihrer Trauer über den Tod ihres Mannes verändert hatten, nachdem er begriffen hatte, wie es um ihre Ehe bestellt gewesen war, änderte das nichts an der Tatsache, dass sie ein schwieriges Jahr hinter sich hatte. Ihr Leben war in mehr als einer Hinsicht auf den Kopf gestellt worden. Was ihn anging und das, was er wollte – er war ganz verrückt nach Shana. Und zwar mit Haut und Haar. Auch wenn er das so nicht geplant und er keine Ahnung hatte, wie er zu diesem Punkt kommen sollte, würde er seinen Weg finden.

Plötzlich kam ihm sein Leben in Bozeman in den Sinn. Während seine Großeltern von Catamount dorthin gezogen waren, waren seine eigenen Eltern fortgezogen, als er noch klein gewesen war. Den Großteil seiner Kindheit hatte er in Colorado verbracht, einer weiteren Hochburg für Shifter. Seine Eltern waren bei einem Autounfall auf einem verschneiten Highway in den Rocky Mountains ums Leben gekommen, kurz nachdem er sein Studium abgeschlossen hatte. Da auch seine Großeltern tot waren, hatte er nur wenig, was ihn irgendwo festhielt. Nach seinem Biologiestudium hatte er eine Stelle bei Fish & Wildlife in Colorado bekommen und die Versetzung nach Bozeman angenommen, als die Stelle frei geworden war. Was ihm jedoch fehlte, war ein Gefühl von

Heimat. Ohne eine vertraute Familie, die ihn irgendwo verankert hätte, fühlte er sich oft fehl am Platz.

Da er als Shifter die Hälfte seines Wesens vor vielen Leuten verstecken musste, die ihm begegneten, hätte er gerne die Kontakte gepflegt, die er hier in Catamount entdeckt hatte. Das galt nicht nur für Familie, sondern für die Shifter im Allgemeinen. Er konnte gut nachvollziehen, weshalb das Schmugglernetzwerk das Gefüge dieser Gemeinschaft zerrüttet hatte. Die Bedeutung von Catamount in der Welt der Shifter war heilig. Dass sich die Shifter ausgerechnet hier gegenseitig hintergangen hatten, war ein schmerzhafter Gedanke. Er versuchte sich vorzustellen, Shana nach Bozeman zu bringen, aber das passte einfach nicht. Er war sich nicht sicher, wie und wann er das anstellen würde, aber er spürte, dass er sein Leben nach Catamount verlagern musste, wenn er sie zu seiner Gefährtin machen wollte.

Noahs Stimme unterbrach ihn in seinen Gedanken. „Fast geschafft. Theo ist ziemlich leicht zu durchschauen. Er ist ein harter Bursche und immer auf der Suche nach dem schnellen Geld. Ins Schmugglernetzwerk ist er nur wegen der Kohle eingestiegen. Aus keinem anderen Grund. Er hat ausgepackt, weil er clever genug war, um zu kapieren, dass sie ihn zum Sündenbock machen wollten.“

„Das dürfte auch auf die Hälfte der beteiligten Jungs zutreffen. Geld verdirbt den Charakter, aber Shifter sind manchmal genauso bescheuert wie Menschen.“

Noah lächelte grimmig. „Stimmt.“

Einige lange Stunden später schritt Hayden an Noahs Seite über den Parkplatz. Schweigend bestiegen sie den Truck und Noah fuhr los. Hayden war überwältigt. Unter anderem hatte Theo eine Bombe platzen lassen – den Namen von Haydens Boss bei Fish & Wildlife, Clint Reynolds. Auch wenn Theo keine Einzelheiten preisgegeben hatte, berichtete er, dass Clint in Montana angeblich die Fäden zog. Hayden dachte an die vielen, vielen Gespräche, die er in den letzten Jahren mit Clint über das Schmugglernetzwerk der Shifter geführt hatte. Die Beamten von Fish & Wildlife hatten zwar nicht direkt damit zu tun, die Täter dingfest zu machen, aber oft ging es um Fragen rund um Grundbesitz. Da die Schmuggler häufig versuchten, für Lieferungen und sonstige Vorhaben in abgelegene Gebiete vorzudringen, wurde Fish & Wildlife immer wieder um Hilfe gebeten. Jetzt, wo Hayden darüber nachdachte, hatte Clint sich jedes Mal lieber aus der Sache herausgehalten.

Er blickte zu Noah hinüber. „Ich weiß nicht, ob du das mitbekommen hast, aber Clint Reynolds ist mein Boss und der Gebietsleiter von Fish & Wildlife in unserer Gegend. Allein die Tatsache, dass Theo seinen Namen kennt, schlägt mir auf den Magen. Hast du Jakes Nummer? Ich wäre nie auf die Idee gekommen, ihn darum zu bitten, sich Clint mal vorzunehmen.“

Noah nannte schnell Jakes Nummer. Nachdem Hayden Jake angerufen und ihn auf Clint angesetzt hatte, lehnte er sich seufzend zurück. Er war geistig zu erschöpft, um noch weiter über das Schmugglernetzwerk nachzudenken.

———

Shana saß an Phoebes Küchentisch und goss Sahne in ihren Kaffee. Phoebe wischte sich die Hände an einem Geschirrtuch ab, bevor sie an den Tisch trat und sich in den Stuhl gegenüber von ihr sinken ließ. Phoebes Haus, das sie mittlerweile mit Jake teilte, war für

Shana wie ein zweites Zuhause. Nach Callens Tod war sie für ein paar Wochen hiergeblieben und hatte mehr Abende mit ihren Freunden hier verbracht, als sie zählen konnte.

Phoebe fuhr sich mit den Händen durch ihre dunklen Locken und band sie oben auf dem Kopf zu einem Knoten zusammen. Ihre dunklen Augen musterten Shana. „Was ist eigentlich zwischen dir und Hayden gelaufen?"

Shana versuchte, auszuweichen, aber ihre Gedanken überschlugen sich. Wenn ihre Gefühle so offensichtlich waren, wie konnte sie dann ihr Herz schützen? „Was meinst du?"

Phoebe verdrehte die Augen. „Ernsthaft jetzt? Ach, was soll's. Ich vermute, du hast dich endlich dazu entschlossen, darüber zu reden, wie deine Ehe mit Callen wirklich war, weil du vielleicht einen Mann kennengelernt hast, der wirklich an dir interessiert ist und es sich daher nicht länger lohnt, sich zu verstellen. Ich habe doch gesehen, wie Hayden dich neulich Abend angesehen hat. Es wundert mich, dass er nicht gleich in Flammen aufgegangen ist."

Phoebe war noch nie eine Freundin, die sich vor irgendwas gedrückt hätte, aber manchmal traf sie so genau ins Schwarze, dass es Shana die Sprache verschlug. Shana öffnete den Mund, um etwas zu sagen, aber Phoebe hielt eine Hand hoch.

„Dein Gesichtsausdruck bestätigt, was ich mir bereits gedacht habe. Ich weiß ja nicht genau, was da zwischen dir und Hayden läuft, aber da steckt mehr dahinter als nur eine Bettgeschichte. Wahrscheinlich hat niemand von uns geahnt, dass du und Callen am Ende nur noch dem Namen nach verheiratet gewesen seid, aber ich war auch nicht blind. Ich habe schon mitbekommen, dass es nicht besonders gut zwischen euch gelaufen ist. Aber ich habe mir gedacht, dass du trotzdem versuchst, das Beste daraus zu machen. Mach dir keine Sorgen darüber, was die Leute denken. Nach allem, was du durchgemacht hast, hast du dir wirklich etwas Besonderes verdient."

Shana stachen die Tränen in die Augen und ihre Kehle war wie zugeschnürt. Im letzten Jahr hatte sie viel zu viel geweint. Sie holte tief Luft, um die Tränen zu verdrängen, und sah Phoebe in die Augen. „Hat nicht jeder etwas wirklich Besonderes verdient?"

Phoebe neigte ihren Kopf zur Seite und lächelte wehmütig. „Nun, sicher. Aber darum geht es mir nicht. Selbst wenn Callen nicht gestorben wäre und dich und den Rest der Shifter in Catamount nicht verraten hätte, hättest du jedes Recht, nach vorne zu schauen und jemanden zu finden, der dich zu schätzen weiß. Dabei hilft es ein bisschen, dass Hayden verdammt heiß ist und dich offensichtlich auch so findet." Sie zwinkerte ihr zu.

Shana errötete und drehte geistesabwesend eine Serviette in ihren Händen. „Das will ich ja gar nicht bestreiten. Es ist nur ... ähm. Ich weiß auch nicht, was ich jetzt machen soll. Ich wollte doch nur ..." Ihre Worte verstummten.

Sie wusste auch nicht, wie sie erklären sollte, dass sie nach der Benommenheit, in die sie sich in den letzten Jahren ihrer Ehe geflüchtet hatte, unbedingt wieder etwas fühlen wollte. Nach Callens Tod hatte sie sich an diese Betäubung wie an eine Rettungsleine geklammert. Doch als Hayden dann aufgetaucht war, war er ihr wie eine flackernde Kerze in der kalten, dunklen Nacht erschienen. Sie wollte nur noch dieser Flamme folgen und das Eis um ihr Herz schmelzen lassen. Aber das Zusammensein mit ihm war so viel mehr, als sie erwartet hatte. Sie erinnerte sich an seine

Frage von neulich Abend – eine Anspielung darauf, dass das zwischen ihnen eindeutig mehr war als bloß eine Affäre ohne irgendwelche Erwartungen. Sie hatte das Feuer zwischen ihnen unterschätzt. Es brannte so heiß und unbändig, dass sie Angst hatte, sich an der Hitze zu verbrennen. Nach dem Misserfolg ihrer Ehe war es für sie kaum zu glauben, dass so etwas überhaupt gut gehen konnte. Nicht, dass sie mit Callen auch nur annähernd so etwas erlebt hätte wie mit Hayden, aber sie hätte nie gedacht, dass ihre Ehe sich schon nach wenigen Jahren so kalt, verbittert und unnahbar anfühlen könnte. Umso schwieriger war es, über eine Beziehung mit Hayden nachzudenken. Das Gefühl, das sie bei ihm hatte, und die Möglichkeit, dass dieses Gefühl verblassen und verdorren könnte, war erschreckend.

Shana sah Phoebe wieder in die Augen. „Ich habe überhaupt keine Ahnung, was ich tun soll. Sag um Himmels willen Jake nichts davon, denn der würde das bloß Dane erzählen, aber Hayden und ich ... na ja ...“ Sie errötete und zuckte mit den Schultern.

Phoebe grinste. „Verstehe. Kein Grund zur Sorge. Für mich sind das hervorragende Neuigkeiten. Warum guckst du so besorgt?“

„Weil es anfangs einfach perfekt ausgesehen hat. Hayden wohnt nicht mal hier. Und wie du ja bereits angedeutet hast, ist er nicht gerade unansehnlich und schenkt mir wesentlich mehr Beachtung als Callen, selbst bevor wir angefangen haben, in getrennten Schlafzimmern zu übernachten. Aber ... das Ganze entwickelt sich schneller, als ich erwartet habe, und jetzt weiß ich nicht, was ich tun soll.“

Phoebes Augen wurden ernst. Dann drückte sie schnell Shanas Hand. „Was hat Hayden denn zu der ganzen Sache zu sagen?“

Shana kaute auf ihrer Lippe und holte tief Luft. „Bevor irgendetwas passiert ist, habe ich ihm klargemacht, dass ich keine Erwartungen an ihn habe. Ich wollte auch gar keine haben. Später hat er mich dann gefragt, was wir machen würden, wenn es mehr als das wäre."

Phoebe nickte langsam. „Ich kenne Hayden zwar nicht besonders gut, aber seine Frage lässt mich vermuten, dass er auch denkt, dass es mehr ist, als er erwartet hat."

Da schlug die Hoffnung in ihrem Herzen einen kleinen Purzelbaum. Shana versuchte, das Gefühl zu unterdrücken. Ihr Atem kam seufzend heraus. „Stimmt. Ich fürchte schon, dass ich nicht klar denken kann, weil ich mich so verzweifelt nach etwas Gutem sehne. Nur ein winziges bisschen davon und ich gerate schon völlig aus dem Häuschen. Dabei wohnt Hayden noch nicht mal hier. Es ist ja nicht so, dass ich ..."

Phoebe machte eine abwinkende Handbewegung. „Ach, hör schon auf! Ich unterstütze dich gerne, wirklich, aber ich lasse auch nicht zu, dass du dich völlig fertigmachst. Glaub mir, darin bin ich Expertin und das ist reine Zeitverschwendung. Es ist immer viel leichter, anderen Leuten Ratschläge zu erteilen, die ich selbst nicht befolgen könnte, aber ich rate dir: Hör auf damit. Zerbrich dir nicht den Kopf über Dinge, die noch gar nicht eingetreten sind."

Shana gluckste, als sie sich daran erinnerte, wie sehr Phoebe jahrelang um Jake bemüht gewesen war. „Nun gut. Aber was soll ich denn jetzt tun?"

Phoebe brach in Gelächter aus. „Versuche, dich zu entspannen und lass dich auf das Hier und Jetzt ein. Ich bin immer für dich da. Also wenn du mal reden musst, weißt du genau, wo du mich finden kannst."

KAPITEL SIEBEN

Am späten Nachmittag stand Shana am Waldrand. Die Sonne stand tief am Himmel, ihre Strahlen bahnten sich ihren Weg durch die Bäume und tauchten den Boden in ihr Licht. Die frische Frühlingsluft verströmte den erdigen Geruch von frischem Grün. Sie musste sich einfach mal austoben und die Launen ihres menschlichen Verstandes und ihrer Gefühle vergessen. Nach einem tiefen Atemzug wandelte sie sich. Sie wurde von Kopf bis Fuß von einer unbändigen Energie durchströmt. Ihr Fell sträubte sich auf ihrer Haut. Einen Augenblick lang stand sie still, während sich ihre Berglöwenaugen an den Wald anpassten. Dann streckte sie sich und seufzte über das Gefühl von Stärke und Kraft. Ein weiterer Atemzug und sie stürmte in den Wald. Das hintere Ende des Grundstücks ihrer Familie erstreckte sich bis zu den Ausläufern der Appalachen. Sie begann zu laufen, aber als sie tiefer in die Berge kam, verlangsamte sie ihr Tempo und trottete gemächlich dahin.

Der Wald war voller Geräusche. Vögel, die von ihren Wanderungen aus dem Süden zurückkehrten, flatterten geschäftig zwischen den Bäumen. Zwei Streifenhörnchen schnatterten laut mit ihr, als sie vorbeikam. Sie hielt ihr Tempo, lief langsam durch den Wald und schlängelte sich weiter in die Berge hinauf, bis sie einen ihrer Lieblingsplätze erreicht hatte: einen kleinen Hügel mit Blick auf ein Tal, durch das sich träge ein Bach schlängelte. Oben auf einem Felsen angekommen, ruhte sie sich aus. Die Sonne war bereits dabei, unterzugehen. Ihre goldenen Strahlen waren von Orange und Rot durchzogen.

Plötzlich hob sie ihren Kopf und witterte einen weiteren Berglöwen in der Nähe. Einige Augenblicke später kam der betreffende Löwe direkt unter ihr im Tal in Sicht. Sie hielt einen langen Augenblick inne, bis der Löwe aufschaute. Sofort wusste sie, dass es Hayden war. Er war größer und massiger als die meisten männlichen Berglöwenshifter im Osten, was wahrscheinlich daran lag, dass die Shifter im Westen viel mehr Freiheit hatten, sich in der Wildnis zu bewegen. Sein Blick traf den ihren über die Entfernung hinweg. Er wandte sich ihr zu und wedelte mit dem Schwanz. Wie aus dem Nichts sprang er vorwärts, seine Bewegung war fließend und geschmeidig. In Sekundenschnelle erklomm er die kleine Anhöhe, auf der sie gewartet hatte, und kam neben dem Felsen zum Stehen.

Aus der Nähe sah er in seiner Katzengestalt prächtig aus – kraftvoll, energisch und lebendig. Bei seinem Anblick begann ihre innere Wildkatze fast zu schnurren. Tief in ihr drin war die Anziehung zu ihm so stark, so heftig, dass sie erschauderte. Die Verbindung zwischen ihnen wurde immer enger, als er dastand und seine karamellfarbenen Augen auf die ihren gerichtet waren. Dann stand sie auf, streckte sich auf dem Felsen und sprang zu ihm hinunter. Die

Luft um sie herum war lebendig. In dieser Stille machte sie kehrt und begann, sich ihren Weg den Berg hinunter zu schlängeln. An einem Feld angekommen, rannte sie los und stürmte in die Ferne davon. Hayden hielt mit ihr Schritt. Sie genoss das Gefühl der frischen Luft in ihrem Fell und die Freiheit von ihren menschlichen Zwängen. Hier und jetzt wusste sie nur eines – sie wollte Hayden und sonst niemanden.

———

Hayden sauste neben Shana her, pulsierend vor Energie und unbändigem Verlangen. Er hatte nicht damit gerechnet, ihr hier draußen zu begegnen. Als er heute Nachmittag in das Gästehaus zurückgekehrt war, hatte er es leer vorgefunden. Seit dem Gespräch mit Theo im Gefängnis war er unruhig und nicht ganz bei sich. Der Gedanke, dass der Drahtzieher des Schmugglernetzwerks in Gestalt seines Bosses jeden Tag vor seiner Nase gesessen haben könnte, machte ihn krank. Er sehnte sich nach der Flucht und der Freiheit, die ihm der Löwe in ihm bot, und war einem ausgetretenen Pfad zum Waldrand hinter dem Gästehaus gefolgt. Sobald er außer Sichtweite gewesen war, hatte er sich gewandelt und war losgelaufen. Es hatte nicht lange gedauert, bis er die Fährte eines anderen Löwen vor sich aufgenommen hatte. Er war sich sofort sicher gewesen, dass es Shana gewesen war, und folgte ihrer Spur, bis er sie endlich gefunden hatte.

Nun warf er einen Blick zur Seite. Sie lief direkt neben ihm. In ihrer Katzengestalt war sie atemberaubend, geschmeidig und sinnlich. Als sie den Waldrand erreicht hatten, nahm sie wieder ihre menschliche Gestalt an. Er tat es ihr gleich. Das Licht wurde schwächer, die Luft kühler. Als er sich umwandte, sah er, dass sie bereits die Kleidung zusammensuchte, die sie zurückgelassen haben musste. Während sie zum Gästehaus zurückgingen, stellte er fest, dass sie sich direkt im Blickfeld von Danes und Chloes Haus befanden. Unter diesen Umständen war es wohl nicht die klügste Idee, Shana zu verführen, dachte er sich.

Sie schwieg, während sie unterwegs waren. Ihre Haare hingen ihr zerzaust um die Schultern, und ihr Atem vernebelte die Luft. Als sie das Gästehaus betraten, drehte sie sich zu ihm um. Ihre rauchigen Augen blickten ihn unverwandt an. Er überlegte, was er sagen sollte, entschied sich aber gegen Worte. Stattdessen trat er an sie heran, schob eine Hand in ihr verwuscheltes Haar und brachte seine Lippen auf die ihren. Sie verkrampfte sich für den Bruchteil einer Sekunde, bevor sich ihr Körper an seinen schmiegte.

Hayden ließ dem wilden Verlangen in ihr freien Lauf und eroberte wild ihren Mund. Seine Hand schlang sich um ihr Haar und entblößte ihren Hals. Dann knabberte er an ihrem Ohrläppchen, schabte mit den Zähnen an ihrem Hals entlang und konnte sich kaum noch beherrschen. Er strich ihren Rücken hinunter, umfasste ihren Po und zog sie gegen seine Erregung – heiß, hart und schmerzhaft. Das Geräusch ihres Atems trieb ihn an. Er zog an ihrer Kleidung, so wie sie an seiner. Als sie nackt waren, drängte er sie gegen die Tür und schmiegte sich an sie. Ihre weichen Kurven gaben den harten Muskeln seines Körpers nach. Dann zog er sich ein Stück zurück und sah sie einfach nur an.

Ihre honigfarbenen Locken wirbelten um ihr Gesicht und ihre Schultern. Ihre silbernen Augen waren dunkel vor Verlangen, ihre Lippen geschwollen von seinen Küssen. Ihre vollen Brüste hoben und senkten sich schnell mit ihrem Atem. Da umfasste er ihre Brüste mit beiden Händen. Ihr Mund war leicht geöffnet und ein Wimmern entwich ihr, als er ihre Brustwarzen betastete. Er beugte sich vor und zog erst die eine und dann die andere in seinen Mund. Sobald sie sich seiner Berührung beugte, biss er kurz zu. Der markerschütternde Schrei, der über ihre Lippen kam, heizte die Lust, die ihn durchströmte, noch mehr an. Er beugte sich vor, holte ein Kondom aus seiner Jeans und streifte es sich schnell über.

Dann schob er eine Hand unter ihren Oberschenkel, hob ihn hoch und zog sie zu sich heran. Ihr Atem ging stoßweise und sein Herz schlug ihm gegen die Rippen. Er streichelte ihre empfindliche Mitte, die schon klatschnass war. Als er mit seinen Fingern in sie eindrang, stöhnte er auf, sobald er ihre glühende Lust spürte.

„Hayden ... Ich brauche ...“

Er konnte nicht schnell genug in sie eindringen, als ihre Worte über ihn hereinbrachen. Also zog er seine Finger heraus und führte seinen Schwanz an ihren Eingang heran.

„Sieh mich an.“

Seine Worte waren leise und angespannt, seine Stimme kaum mehr als ein Flüstern. Ihre rauchigen Augen flogen auf und er drang in sie ein. Ihr heißer, geschmeidiger Kanal pochte um ihn herum. Nachdem er ein Knie angehoben hatte, stieß er bis zum Anschlag in sie hinein. Ihre Augenlider zuckten, aber sie hielt seinem Blick stand, als er begann, in sie hinein und wieder heraus zu stoßen. Das Gefühl, das sie in ihm auslöste, ließ ihn an nichts Anderes mehr denken als an seine Lust. Er wollte sie einfach nur höher und höher treiben, immer näher an ihre Erlösung heran. Ihr süßer Kanal pulsierte um ihn herum, während er in sie stieß.

Erst als ihr der Atem stockte und sie ihren Kopf mit einem Schrei zurückwarf, während ihr Körper gegen den seinen erschauderte, ließ er los. Er wurde von seinem Orgasmus überrollt, und der Druck war so heftig, dass er sich nur noch mit Hilfe seines Griffs an ihr aufrecht halten konnte.

Shana war eingeklemmt zwischen der kalten Tür in ihrem Rücken und Haydens heißem Körper. Die Lust pulsierte noch immer in ihr, die Stöße ihres Orgasmus brachten sie zum Zittern. Haydens Kopf sank auf ihre Schulter. Seine kräftigen Arme hielten sie hoch. Sie atmete ihn ein. Doch sie wollte nicht, dass die Wirklichkeit sich wieder in ihr Leben drängte. Sie wollte einfach nur hier und jetzt bei ihm sein. Nach einigen langen Augenblicken hob er den Kopf und sein Blick aus warmen, karamellfarbenen Augen traf den ihren.

Inzwischen war die Dämmerung hereingebrochen, und es gab nur spärliches Licht. Sie konnte seinen Herzschlag auf ihrer Haut spüren. Die beiden waren eng ineinander verschlungen. Sein Blick wanderte über ihr Gesicht. Mit einer Hand strich er ihr das Haar aus dem Gesicht und schob eine lose Strähne hinter ihr Ohr. Diese kleine Berührung jagte ihr einen sanften Schauer über den Rücken.

Dann räusperte er sich. „Hey, du", flüsterte er leise.

Das war genau der richtige Satz. Bei jedem anderen Satz hätte sie sich den Kopf darüber zerbrochen, was sie antworten sollte.

„Hey", antwortete sie mit einem Kichern.

Langsam trat er einen Schritt zurück und ließ dabei ihr Bein sinken. Sie lehnte sich gegen die Tür und überlegte, ob es ihr vielleicht peinlich sein sollte, dass sie sich so auf ihn gestürzt hatte, aber das war ihr irgendwie ziemlich gleichgültig. Er hob ihre Kleidung auf und reichte sie ihr, bevor er ins Bad ging. Sie folgte ihm und stellte die Dusche an.

Ohne ein Wort zu sagen, bedeutete sie ihm, ihr Gesellschaft zu leisten. Sie war noch nicht bereit dafür, zu reden, aber sie wollte ihm nahe sein. Das dampfende Wasser besänftigte sie. Hayden schwieg, aber seine Hände blieben auf ihr, während er sie einseifte, und er fuhr mit seinen Händen durch ihr Haar, als sie sich dafür revanchierte.

Kurze Zeit später saß er auf einem Hocker an der Küchentheke, während sie ein schnelles Abendessen zubereitete: Fettuccini mit einer leichten Sahnesoße und Tomaten. Er hatte sie gerade über sein und Noahs Gespräch mit Theo informiert.

„Warte, damit ich das richtig verstehe. Theo glaubt, dass dein Boss das Schmugglernetzwerk in Bozeman leitet?", fragte sie und konnte ihre Ungläubigkeit nicht verbergen.

Er nickte. „Ja. Ich versuche auch noch immer, mir einen Reim darauf zu machen. Ich kenne Clint schon seit Jahren. Ich kann nicht sagen, dass wir uns persönlich nahestehen, aber ich hätte ihn nie verdächtigt. Niemals."

„Für wie vertrauenswürdig haltet ihr Theo?"

Er zuckte mit den Schultern. „Es gibt keinen guten Grund, warum er Clints Namen kennen sollte. Allein die Tatsache, dass das so ist, macht mich stutzig."

„Und was jetzt?"

„Jake ist schon dabei, Clints Aktivitäten online zu durchleuchten. Bevor wir irgendwelche Maßnahmen ergreifen, muss ich noch ein paar andere Typen befragen. Ich habe einen der Detectives in Bozeman angerufen. Sie waren zwar damit einverstanden, dass ich herkomme, aber sobald wir etwas Verwertbares herausfinden, werden sie ihre eigenen Leute schicken wollen."

In ihrer Brust machte sich Unbehagen breit. Sie war so erleichtert gewesen, als Wallace hier verhaftet worden war, aber sie hatte auch gewusst, dass das noch nicht das Ende der Geschichte sein würde. Als sie letzten Winter nach Montana gefahren waren, war ihr klargeworden, dass das Schmugglernetzwerk weit über Catamount hinausging. Dass Haydens Boss darin verwickelt sein könnte, hätte sie eigentlich nicht überraschen dürfen, aber so war es.

Sie richtete die Fettuccini auf Tellern an und schob ihm einen über den Tresen, dann zog sie einen Hocker auf die gegenüberliegende Seite, um ihm Gesellschaft zu leisten. Das Gespräch verlagerte sich auf weniger brisante Themen und Hayden stellte beiläufige Fragen über Catamount.

Stunden später lag Shana neben Hayden im Bett und lauschte dem Geräusch seines Atems. Sein Körper war wie ein Ofen, der Hitze ausstrahlte. Er schlief auf der Seite, seinen Arm über ihren Bauch gelegt, seine Hand unter einer Brust verschränkt. Sie konnte nicht anders, aber sie genoss die Wärme und das Gefühl der Behaglichkeit, mit ihm einzuschlafen. In ihrem Kopf begannen die Sorgen hochzukochen. Durfte sie das mit Hayden zulassen, was würde das bedeuten, und was würde sie tun, wenn ihr Herz mehr wollte als das seine ... oder wenn ihr Herz mehr wollte, als sie zu geben bereit war?

Wenn sie aufhörte zu denken und sich rein auf ihre Katzenseite besann, wusste sie bereits, wie viel sie von Hayden wollte. Aber ihr menschlicher Verstand, der manchmal so hartnäckig war, mischte sich ein und erinnerte sie daran, dass ihre Gefühle für Hayden sie verletzlich machten – und das war gefährlich. Ihr Verstand schwankte hin und her, bis Hayden schließlich mit seiner Hand sanft über die Wölbung ihres Bauches strich, bevor er sie näher zu sich zog. Sie entspannte sich in seiner Umarmung und endlich übermannte sie der Schlaf.

KAPITEL ACHT

Shana schob sich vorsichtig durch die Tür in das Zimmer eines Patienten. Sie hatte heute Morgen Frühschicht. Sie hatte erwartet, sich im Dunkeln aus dem Staub zu machen, während Hayden noch tief schlief. Stattdessen hatte er sie überrascht, indem er aus dem Bett geschlüpft war, während sie duschte, und ihr Kaffee gekocht hatte. Sie war Krankenschwester im örtlichen Krankenhaus. Ihre Arbeit hatte sie durch die letzten Jahre ihrer gescheiterten Ehe begleitet. Ohne diese Arbeit und ihre Freundinnen hätte sie nicht gewusst, was sie im letzten Jahr getan hätte. Sie liebte ihre Arbeit, weil sie gerne anderen half und den Umgang mit den Patienten mochte. Zusammen mit Phoebe arbeitete sie in einer der allgemeinen Abteilungen des Krankenhauses.

Der Vorhang war um das Bett des Patienten gezogen, obwohl sich niemand sonst in einem der anderen Betten des Zimmers befand. Shana trat leise an den Vorhang heran und schob ihn langsam zurück. Gail Anderson schlief tief und fest. Gail war eine alte Freundin der Familie und die Frau des Polizeichefs. Sie war gestern Abend spät ins Krankenhaus eingeliefert worden, nachdem Hank berichtet hatte, dass sie beim Versuch, in die Badewanne zu steigen, gestürzt war. Shana holte Gails Krankenakte hervor und blätterte sie durch. Die Röntgenaufnahmen von gestern Abend ergaben keine Knochenbrüche, aber ihr Knöchel war stark verstaucht. Shana sah sie nochmals an, dann hängte sie die Akte sorgfältig wieder auf und wandte sich zum Gehen, als sie hörte, wie Gail ihren Namen sagte.

Sie wandte sich um und sah, wie Gail versuchte, sich im Bett aufzurichten. Shana trat schnell an die Seite des Bettes und richtete auf Knopfdruck langsam das Kopfteil auf.

„Hey Gail, kein Grund zur Eile. Das Bett übernimmt das schon für dich."

Gails Mund verengte sich zu einem schmalen Strich. „Ich kann mich schon selbst aufsetzen, klar?"

Gails schwarzes Haar mit den silbernen Strähnen war zu einem langen Zopf zusammengebunden. Ihre blauen Augen funkelten und blitzten. Shana konnte sich vorstellen, dass Gail nicht viel Geduld aufbringen würde, wenn es um die Bettruhe ging, also entschied sie sich, nicht weiter darauf einzugehen.

„Ich bin sicher, dass du das kannst, aber warum nimmst du nicht dieses schicke Bett in Anspruch? Wir haben erst letzten Monat diese modernen neuen Dinger in diesem Flügel bekommen. Hier ist die Fernbedienung." Dann zeigte sie Gail, wie man die Fernbedienung für ihr Bett handhabte.

„Wie fühlst du dich heute Morgen?", fragte Shana, nachdem Gail das Bett nach ihrem Geschmack eingestellt hatte.

Gail zuckte mit den Schultern. „Es geht mir gut. Ich kann gar nicht fassen, dass Hank mich gestern

Abend hierhergebracht hat und dass dein Bruder mich für die Nacht aufgenommen hat." Ihr Blick war anklagend, als sie Shana ansah.

Dane war Arzt mit einer eigenen Hausarztpraxis, aber er hatte auch die Notaufnahme des Krankenhauses übernommen. Shana beschloss, sich an ihr Vorhaben zu halten, sich nicht mit Gail zu streiten. Gail war in Catamount geboren und aufgewachsen. Sie war eine Shifterin und kompromisslos unabhängig.

Shana winkte ab. „Ich bin mir sicher, dass Dane nur sichergehen wollte, dass dein Knöchel sich auch gut erholen kann. Sobald deine Vitalwerte in Ordnung sind, kannst du heute Nachmittag entlassen werden. Was dagegen, wenn ich mir die mal ansehe?"

Gail brummte, aber sie bot ihren Arm für eine Blutdruckkontrolle an und ließ den Rest über sich ergehen. Shana tat, was sie bei den meisten Patienten tat, und überließ Gail die Gesprächsführung. Und das war auch gut so, bis Gail auf Callen zu sprechen kam. Shana hatte schon längst die Nase voll von all den Bemerkungen über Callen und was er getan hatte. Doch Gails nächster Kommentar ließ sie aufschrecken.

„Ich habe Callen nicht deshalb erwähnt, um mich darüber auszulassen, dass ich nicht glauben kann, was er getan hat. Aber ich habe gedacht, dass du vielleicht gerne erfahren würdest, dass nicht alle der Meinung sind, dass du ihn hättest heiraten sollen."

Shana wandte sich mit großen Augen Gail zu. „Hm? Gail, ich weiß nicht ..."

Gail machte eine abweisende Handbewegung. „Du hast überhaupt keine Ahnung, warum ich jetzt sowas sage, nicht wahr?" Als Shana nickte, fuhr Gail fort. „Weil er dich nie verdient hat. Deshalb. Ich hätte zwar nicht damit gerechnet, dass Callen in Drogengeschäfte verwickelt sein könnte, aber es hat mich auch nicht überrascht. Die Peytons haben schon immer über ihre Verhältnisse gelebt. Wie ich dich kenne, fühlst du dich bestimmt schrecklich, aber lass dich von Callen nicht weiter runterziehen."

Shana wusste nicht so recht, was sie sagen sollte, also nickte sie einfach.

Gail hielt inne und ihr Blick wurden sanfter. „Ich möchte nicht, dass du durch seine Taten noch mehr belastet wirst, als du ohnehin schon bist. Das ist alles."

Shana holte tief Luft. „Ich, äh ..." Dann sammelte sie sich. „Vielen Dank, Gail. Es war, gelinde gesagt, ein ziemlich hartes Jahr."

Gail sah sie noch einen Augenblick lang an, bevor sich ein verschmitztes Lächeln auf ihr Gesicht stahl. „Ich nehme nicht an, dass ich dich dazu überreden kann, mich heute früher rauszulassen?"

Shana schmunzelte. „Du bleibst hier, bis ein Arzt deine Entlassung abgesegnet hat."

———

Hayden klemmte sich das Telefon zwischen Ohr und Schulter. „Ich brauche noch eine Woche hier draußen. Wäre das in Ordnung?"

Er telefonierte gerade mit seinem Boss, Clint Reynolds. Obwohl er Clint am liebsten direkt gefragt hätte, wie sein Name hier draußen auf dem Radar aufgetaucht war, sagte Hayden kein Wort.

„Tu, was du nicht lassen kannst", antwortete Clint. „Einer der Detectives hier draußen erwartet deinen Anruf, sobald es etwas Neues gibt. Ich schicke dir seine Kontaktdaten in ein paar Minuten per E-Mail zu."

„Ich halte die Augen offen." Hayden warf das

Handy auf den Tresen in Shanas Küche und drehte sich um, um nach draußen zu schauen. Shana war früh zur Arbeit gegangen, also hatte er sich an seinen Laptop gesetzt und den größten Teil des Vormittags mit seiner eigenen Arbeit verbracht. Hayden wollte genug Zeit und Abstand von Clint haben, um hoffentlich einige Antworten auf dessen Verwicklung in das Schmugglernetzwerk zu bekommen, bevor er nach Montana zurückkehren würde.

Er erhob sich, ging zur Wendeltreppe und stieg hinauf zu dem kleinen Sitzbereich. Der Raum hier oben bot einen offenen Blick auf ein Feld mit dem Wald und den dahinterliegenden Bergen. Catamount lag am Rande einer herrlichen Waldlandschaft. Hayden blickte hinaus, als es unten an der Tür klopfte, bevor Dane eintrat. Er blickte auf, als Hayden ihn ansprach.

„Hey Mann. Ich wollte fragen, ob du mit mir in die Stadt fahren möchtest, um in Jakes Büro vorbeizuschauen. Wie ich ihn kenne, war er wahrscheinlich die ganze Nacht wach und hat nach Hinweisen auf deinen Boss gesucht."

Hayden machte sich wieder auf den Weg nach unten. „Klar. Ich habe den Großteil meiner Arbeit schon erledigt." Er lief zum Tresen, klappte seinen Laptop zu und begab sich in den Bereich auf der anderen Seite des Flurs gegenüber von Shana. Günstigerweise hatte er seine Tasche dort stehen lassen. Er hatte keine Lust auf unangenehme Unterhaltungen mit Dane.

Er schnappte sich seine Jacke und folgte Dane hinaus zu seinem Truck. Kurze Zeit später betraten sie das Büro von Jake. Jake, das stellte Hayden bald fest, war äußerst konzentriert. Seine Augen klebten förmlich an seinem Computerbildschirm, als sie eintraten.

Er blickte weder auf, noch begrüßte er sie. Dane schnappte sich einen der Stühle neben Jakes Schreibtisch und bedeutete Hayden, sich ebenfalls einen zu nehmen. Nach ein paar Augenblicken der Stille drehte sich Jake von seinem Computer weg und fuhr sich mit der Hand durch die Haare.

„Wenn du nicht daran glaubst, dass dein Boss darin verwickelt ist, solltest du dich langsam darauf einstellen, die Wahrheit einzusehen. Ich habe seine E-Mails bereits früher gesichtet, aber das waren alles Pseudonyme, also hatte ich keine Quelle, zu der ich sie zurückverfolgen konnte. Als du Clints Namen von Theo erfahren hast, konnte ich die Decknamen zu ihm zurückverfolgen. Er steckt da ziemlich tief drin. Seine Spuren reichen über drei Jahre zurück. Das Ganze ist wie ein Spinnennetz, wenn ich so weit zurückgehe, eine Verbindung nach der anderen. Dein Boss hat seine Stellung als Tarnung benutzt. Du magst vielleicht damit beschäftigt gewesen sein, an dem Fall zu arbeiten, aber ansonsten hat er die Anfragen der Strafverfolgungsbehörden nach Unterstützung stets ausgeschlagen. Er hat gerade so viel zugesagt, dass sie nicht misstrauisch geworden sind. Inzwischen sind so viele Shifter und Menschen in die Sache verwickelt, dass es zwar viel bringen wird, ihn dingfest zu machen, aber danach gibt es noch jede Menge zu tun. Du hast Recht, Montana ist nicht der Dreh- und Angelpunkt der ganzen Angelegenheit. Soweit ich weiß, stammt die Idee, Shifter als Boten einzusetzen, irgendwo aus Colorado. Clint hat ihnen in Montana und anderswo im Westen allerdings die nötige Rückendeckung gegeben, also wenn eure Jungs vor Ort ihm ein paar Anklagen aufbrummen können, sollte das die Gemüter etwas aufrütteln."

Jake lehnte sich seufzend in seinem Stuhl zurück

und ließ seinen Blick zwischen Hayden und Dane hin und her wandern. Es schien, als würde er über seine Gedanken nachdenken. „Du hast gesagt, dass einer der Detectives da draußen Updates haben möchte?"

Hayden nickte. „Ja. Ich habe heute Morgen mit Clint über meinen Einsatz hier draußen gesprochen. Er hat erwähnt, dass er mir eine E-Mail mit den Kontaktdaten des Detectives schickt. Ich vermute, dass es sich um einen der Typen handelt, mit denen ich schon zu tun hatte. Ich sage das nur ungern, aber vielleicht solltest du ein wenig im Internet über ihn recherchieren, bevor wir davon ausgehen, dass er nicht in die Sache verwickelt ist. Bei solchen Angelegenheiten hat Clint immer die Fäden in der Hand. Nicht nur in Bezug auf das Schmugglernetzwerk. Wenn unser Büro von den Strafverfolgungsbehörden um Unterstützung in Angelegenheiten im Zusammenhang mit Landbewirtschaftung, Jagd oder was auch immer gebeten wird, geht die Anfrage an ihn und er leitet sie an mich oder jemand anderen weiter. Er nennt mir von Anfang an den Namen der zuständigen Kontaktperson. Ich kann mir vorstellen, dass er Hilfe hat, um zu verhindern, dass die Ermittlungen zu weit gehen."

„Das sehe ich genauso. Du hast Zeit und auch den nötigen Abstand. Das sollten wir uns zunutze machen", sagte Dane.

Jake nickte. „Bin schon dabei. Besorg mir einfach den Namen des Detectives."

Hayden kramte sein Handy aus der Tasche und rief seine E-Mails ab. Wie versprochen, hatte Clint ihm die Informationen bereits zugeschickt. Hayden leitete die E-Mail schnell an Jake weiter. „Sie sollte jeden Moment in deinem Posteingang landen." Dann lehnte er sich in seinem Stuhl zurück und trommelte mit den Fingern auf die Armlehne. „Das ist ein einziges Durcheinander. Ich kann nicht glauben, dass Clint uns drei Jahre lang damit verarscht hat. Er war sogar bei ein paar Verhaftungen einiger Dealer dabei. Verdammt."

Dane lächelte bitter. „Wir wissen genau, was du meinst. Als Callen gestorben ist, hatten wir ja auch keine Ahnung, was er im Schilde geführt hat. Die Peytons sind eine ganz alte Shifterfamilie – die gibt es schon seit Jahrhunderten. Wir können es bis heute nicht fassen. Shifter sind hier seit langem sicher, weil wir uns im Verborgenen halten. Den Leuten in Catamount, die nicht einmal wissen, dass es uns gibt, ist bloß bekannt, dass eine reiche Holzfällerfamilie in einen Schmuggelskandal verwickelt worden ist. Sie haben ja keine Vorstellung davon, wie viel wirklich dahintersteckt. Ich schätze, die Shifter in eurer Gegend werden genauso aufgebracht sein wie wir."

Jake hörte ihnen schon gar nicht mehr zu und arbeitete weiter an seinem Computer. Hayden nickte Dane zu. „Dort ist es ein bisschen anders, weil Bozeman und die umliegenden Städte, in denen Shifter leben, nicht ganz so sind wie Catamount. Du weißt vielleicht nicht Bescheid, weil du hier aufgewachsen bist, aber Catamount ist unter Shiftern legendär. Hier hat alles angefangen. Im Westen kennen sich die Shifter untereinander, aber wir sind viel weiter verstreut. Wir haben keine Geschichte, die es zu schützen gilt. Aber es ist nicht so, dass wir nicht den gleichen Gefahren ausgesetzt wären wie ihr. Durch meine Arbeit bei Fish & Wildlife kann ich mir ziemlich gut vorstellen, was passieren könnte, wenn sich herumsprechen würde, dass es Shifter gibt. Wir würden auf irgendeine Weise reguliert werden. Die Shifter da draußen, die von dem Schmugglernetzwerk gehört haben, haben Angst, dass diese Typen uns in eine brenzlige Situation bringen. Es wäre schon schlimm genug, wenn die Menschen herausfinden würden, dass Shifter seit Jahrhunderten unter ihnen leben, aber noch viel schrecklicher wäre es, wenn sie herausfinden würden, dass Shifter in Drogenhandel verwickelt sind."

Dane schüttelte betrübt den Kopf. „Genau. Sobald wir mehr Infos haben, können wir euch gerne unterstützen, wenn ihr wollt."

„Ich weiß nicht, ob das nötig ist, aber ich weiß das Angebot zu schätzen. Mal sehen, was Jake über den Detective herausfindet und dann sehen wir weiter."

KAPITEL NEUN

Ein paar Tage später saß Shana an Phoebes Küchentisch und zeichnete die Maserung des Holzes auf der Tischplatte nach. Sie war vorbeigekommen, nachdem sie eine lange Schicht im Krankenhaus hinter sich gebracht hatten. Die letzten Nächte waren von Hayden geprägt gewesen – heiße, schwere Nächte, in denen sie sich innerlich kaum unter Kontrolle halten konnte. In seiner Gegenwart wurde ihr stets schwarz vor Augen, und das unbändige Verlangen übernahm die Oberhand. Die Vorstellung, dass er in ihrer Nähe sein könnte, ohne dass sie übereinander herfallen würden, Haut an Haut und fast wie eine Einheit atmeten, war unvorstellbar. Sie wollte wieder etwas fühlen, nachdem ihr Herz und ihr Körper so erstarrt waren, aber sie war überhaupt nicht auf die Tiefe der Gefühle vorbereitet, die Hayden in ihr hervorrief. Wann immer sie einen Rat brauchte, war Phoebe die Freundin, an die sie sich wandte. Sie war so verloren, dass sie nicht einmal wusste, was ihr überhaupt weiterhelfen konnte.

Der Teekessel pfiff und Phoebe wandte sich von der Spüle ab, um den Herd auszuschalten. Im nächsten

Augenblick schob sie Shana eine heiße Tasse Tee über den Tisch und lehnte sich seufzend in ihrem Stuhl zurück.

„Verdammt, der heutige Tag war erbarmungslos. Geht es nur mir so oder ist im Krankenhaus mehr los als je zuvor?", fragte Phoebe.

Shana genoss einen Schluck heißen Tee und sah Phoebe in die Augen. „Es heißt immer, Catamount wird langsam zu groß für das Krankenhaus. Wenn du mich fragst, können wir kaum mithalten."

Ihr Körper tat ihr in mehrfacher Hinsicht weh. Hayden hatte sie an Orte gebracht, die sie sich nie hätte vorstellen können, und oft fühlte sie sich am nächsten Morgen erschöpft und angeschlagen. Dazu noch ein Tag wie heute, an dem sie zwölf Stunden am Stück auf den Beinen und in Bewegung gewesen war.

„Jetzt mal ehrlich, was ist mit dir los? Du hast nicht gesagt, warum du heute Abend vorbeikommen wolltest, aber ich kenne dich lange genug, um zu wissen, wann du etwas auf dem Herzen hast."

Shana lächelte reumütig. „Stimmt. Genauso wie ich seit Jahren gewusst habe, dass du etwas für Jake übrig-hast, obwohl du nie etwas gesagt hast. Ich hätte wissen müssen, dass du ahnst, dass da irgendwas im Busch ist." Sie hielt inne und holte tief Luft. „Die Sache mit Hayden ist ... ziemlich heftig. Ich war verheiratet, also sollte man meinen, dass ich damit Erfahrung habe, aber mit Callen war es nie so."

Shana fehlten die Worte, um Phoebe begreiflich zu machen, dass aus ihrem einfachen Wunsch, der Span-nung zwischen ihr und Hayden nachzugeben, so viel mehr geworden war. Sie hatte nicht damit gerechnet, dass sie sich mit ihm gefühlsmäßig so eng verbunden fühlen würde, eine Verbindung jenseits aller Worte. Als sie sich mit dem Zustand ihrer Ehe abgefunden und hingenommen hatte, dass es wahrscheinlich nicht besser werden würde, hatte sie sich nur noch gewünscht, die Reste ihres Selbstbewusstseins irgendwie zusammenzuflicken und sich scheiden zu lassen. Auf der anderen Seite stand die scheinbar verlockende Versuchung, wieder auf eigenen Beinen zu stehen. Sie hatte sich vorgenommen, für immer Single zu sein. Vielleicht ein dummer Traum, aber das schien so befreiend.

Dann aber war Callen gestorben und so viele andere Sorgen waren in den Vordergrund gedrängt, dass sie sich nicht mehr auf sich selbst besinnen konnte. Sie konnte einfach nur einen Fuß vor den anderen setzen und weitermachen. Deshalb hatte sie auch bei den Ermittlungen gegen das Schmugglernetzwerk mitgeholfen. Das hatte ihr eine Pause vom Hamsterrad der Schuldzuweisungen und der Trauer verschafft. Sie erinnerte sich daran, wie sie versucht hatte, ihren Kummer über Callen zu verarbeiten, den traurigen Zustand ihrer Ehe, seine Affären, seinen Verrat an der Gemeinschaft der Shifter, ihre eigenen verzwickten Gefühle darüber, warum sie ihn überhaupt geheiratet hatte, warum sie so lange geblieben war und warum sie sich nicht an ihre Freundinnen gewandt hatte, um darüber zu sprechen, wie es um ihre Ehe bestellt war.

Shana nahm einen Schluck Tee, genoss die Wärme und schaute über den Tisch zu Phoebe. Phoebe war überaus geduldig und schwieg, während Shana mit ihren Gedanken haderte. Sie scheute vor der Hoffnung zurück, die immer wieder in ihrem Herzen aufkeimte – die Hoffnung, dass sie vielleicht etwas ganz Besonderes in Hayden gefunden haben könnte. Und Hoffnung war gefährlich. Sie hatte Hayden für einen einfachen Ausweg gehalten – eine Affäre mit einem

Shifter von außerhalb der Stadt. Doch die Fäden zwischen ihnen wurden mit jedem Tag engmaschiger und nichts schien einfach zu sein. Jetzt gähnten die möglichen Komplikationen vor ihr – er lebte am anderen Ende des Landes und allein der Gedanke, dass er nicht in der Nähe sein könnte, schnürte ihr die Kehle zu. Obwohl er angedeutet hatte, dass er selbst etwas für sie empfand, wusste sie nicht, was das für Gefühle waren und hatte auch nicht den Mut, ihn danach zu fragen.

Als sie wieder aufblickte, sah Phoebe aus dem Fenster. Shana folgte ihrem Blick. Von der Küche aus konnte man auf ein kleines Feld hinaussehen, durch das sich ein Bach schlängelte. Der Schnee war größtenteils geschmolzen und lag nur noch in den schattigen Bereichen bei den Bäumen. Ein blauer Eichelhäher kreischte und flog über das Feld, ein anderer direkt hinter ihm. Die beiden Vögel drehten eine Runde, ihre blauen Flügel fingen das schwindende Licht ein, bevor sie gemeinsam auf einem Futterhäuschen an der hinteren Terrasse landeten. Das Futterhaus geriet durch die Wucht ihrer Landung ins Wanken.

Nach einigen Augenblicken der Stille wurde sie von Phoebes Stimme aufgeschreckt. „Das klingt ja fast so, als ob Hayden mehr sein könnte, als du erwartet hast."

Shana wandte ihren Blick vom Fenster ab und sah Phoebes warme, dunkelbraune Augen auf sich gerichtet. Sie nickte. „Und ich habe nicht gewusst, wie ich dir das erklären soll", meinte sie mit einem schiefen Lächeln.

Phoebe gluckste leise, bevor sie ernst dreinsah. „Ich kann dir auch nicht sagen, was du tun sollst. Leider kenne ich Hayden nicht so gut, wie du Jake gekannt hast, als ich weder aus noch ein gewusst habe, was ich mit ihm anstellen sollte. Aber ich weiß, dass es in der Regel meist wenig bringt, seine Gefühle zu verbergen. Lass ihn wissen, was los ist. Vielleicht hilft dir das, deine eigenen Gefühle zu klären."

„Leichter gesagt als getan." Shana schluckte gegen die Enge in ihrer Kehle an. Sie war noch nicht bereit, sich auf eine Analyse ihrer Gefühle einzulassen. In den Augenblicken, in denen es ihr gelang, ihr Gehirn abzuschalten, wusste sie, dass das, was sie für Hayden empfand, richtig und wahr war. Allerdings wusste sie nicht, was sie damit anfangen sollte und wohin das Ganze führen würde.

„Natürlich ist das leichter gesagt als getan. Ich weiß ja selbst, wie schwer das sein kann. Ich habe ja selbst zu viele Jahre damit zugebracht, meine Gefühle für Jake zu verdrängen. Zum Glück haben wir es geschafft, aber trotzdem bedaure ich, wie viel Zeit wir verschwendet haben. Lass dir etwas Schönes nicht durch die Lappen gehen, nur, weil du Angst hast, laut auszusprechen, was du gerade erlebst. Ich sage ja nicht, dass dir das bei deiner Entscheidung helfen wird, aber deine Gefühle zu verbergen, wird es ganz sicher nicht."

Die Enge in ihrer Kehle löste sich nur leicht, als Shana tief einatmete. Dann blickte sie Phoebe in die Augen und nickte. „Stimmt. Ich sage mir immer wieder, dass ich irgendwann einen Punkt erreichen werde, an dem ich mich innerlich gefestigt fühle, aber die letzten Jahre haben mir immer wieder einen Strich durch die Rechnung gemacht." Sie erwähnte nicht direkt, dass sie sich nur dann wirklich wohl fühlte, wenn sie eng an Hayden geschmiegt war, nachdem das Feuer zwischen ihnen vorübergehend bis auf eine Glut heruntergebrannt war. Dann, und nur dann, fühlte sie

sich zufrieden, denn das warme Gefühl der Verbun-
denheit mit ihm gab ihr einen inneren Halt.

———

Hayden sah sich in Roxannes Country Store um und
konnte sich ein Lächeln nicht verkneifen. Jedes Mal,
wenn er hier war, was fast jeden Tag der Fall war, war
der Laden gut besucht. Heute traf er sich hier mit
Noah, bevor sie zum Bezirksgefängnis zurückkehrten,
um noch ein paar Verhöre durchzuführen. Der Detective aus Montana, Glen Bowen, würde sie dorthin
begleiten. Jake hatte nichts Belastendes über Glen
herausfinden können, das ihn mit dem Schmugglernetzwerk in Verbindung gebracht hätte, also hatten sie
beschlossen, ihn in das, was sie über Clint gehört
hatten, miteinzubeziehen.

In der kurzen Zeit, in der Hayden in Catamount
war, hatte er Noahs ruhige, ausgeglichene Art zu
schätzen gelernt. Noah hielt sich zwar bedeckt, aber
Hayden hatte das Gefühl, dass er in der Regel viel
mehr über die Geschehnisse wusste, als er preisgab. Er
neigte dazu, sich zurückzuhalten, zu beobachten und
abzuwarten. Hayden gefiel die Vorstellung, dass Noah
sie begleitete, sobald sie zum ersten Mal auf Glen
trafen. Hayden hatte zwar schon oft beruflich mit
Glen zusammengearbeitet, aber er war überzeugt, dass
Noah spüren würde, ob es bei Glen einen Grund gab,
ihm zu misstrauen. Als er an der Reihe war, blickte
Hayden auf und sah, dass Roxanne ihn anlächelte.

„Hey Hayden! Langsam gewöhne ich mich daran,
dein Gesicht hier zu sehen. Vielleicht vermisse ich
dich ja, sobald du nach Montana zurückkehrst",
grinste Roxanne.

„Ich kann mich einfach nicht von hier fernhalten.

Ich für meinen Teil werde dich ganz bestimmt jeden Tag vermissen, zusammen mit deinem Kaffee. Er sah sich um. „Es scheint, dass fast jeder in der Stadt hierherkommt. Ich kann nicht behaupten, dass es in Montana einen vergleichbaren Laden gibt." Während er diese Worte aussprach, tanzte Shana durch seine Gedanken. Sie war der Grund, warum es ihn nach Catamount zog, aber auch Läden wie Roxanne's machten den Charme der Stadt aus.

„Ich würde ja gerne das ganze Lob für mich einstreichen, aber mein Großvater hat diesen Laden in Schwung gebracht, schon lange, bevor ich ihn geerbt habe." Roxannes Blick wanderte an ihm vorbei und ihr Lächeln wurde wieder breiter.

Er drehte sich um und sah, dass Noah hinter ihm aufgetaucht war.

Roxanne scherzte einen Augenblick lang mit Noah, bevor sie Hayden wieder in die Augen sah. „Was darf es denn heute für dich sein?"

Hayden bestellte schnell einen Kaffee und ein Frühstückssandwich, bevor er zur Seite trat, um zu warten, während Noah bestellte. Mit dem bestellten Proviant gingen sie nach draußen und stiegen in Noahs Truck. Obwohl Hayden ihm angeboten hatte, zu fahren, winkte Noah ab. Nach einer weiteren malerischen Fahrt und ein paar stundenlanger Befragungen traten sie mit Glen Bowen nach draußen. Glen lehnte an seinem Mietwagen, die Hände in den Taschen, und blickte zwischen Hayden und Noah hin und her.

Glen war groß, schlaksig und wettergegerbt, hatte graues Haar und strahlend blaue Augen. Er liebte die Wildnis von Montana und war ein hartnäckiger Detective. Er war außerdem selbst ein Shifter und zufällig einer der wenigen, die in ihrer Gegend in Montana der Polizei angehörten – anders als in Catamount, wo fast jeder Cop ein Shifter war. Glen fuhr sich mit der Hand durch die Haare und seufzte. „Ich schätze, das ist der richtige Zeitpunkt, um dir zu erzählen, dass ich Clint schon seit etwa einem Jahr im Auge habe. Ich kann dir gar nicht sagen, wie erleichtert ich war, als du mir erzählt hast, dass sein Name in einem eurer Interviews mit den Jungs hier aufgetaucht ist."

Hayden hielt Glens Blick einen langen Augenblick lang stand. Dann schüttelte er den Kopf. „Warum hast du nicht schon früher etwas gesagt?"

Glen trat mit seinem Stiefel gegen den Reifen. „Aus demselben Grund, aus dem du dir wahrscheinlich zweimal überlegt hast, ob du mit mir reden sollst und noch viel mehr. Clint ist dein Boss und das schon seit Jahren. Ich habe ja nicht gewusst, ob du nicht auch in die Sache verwickelt warst. Wenn ich sage, dass ich ihn im Auge gehabt habe, heißt das nicht, dass ich bloß ein paar unbestätigte Gerüchte in der Hand hatte. Meine Vermutung war, dass Clint sich nicht die Hände schmutzig machen würde, wenn er in die Sache verwickelt war. Und nach dem heutigen Tag kann ich mit Sicherheit sagen, dass das auch der Fall ist, abgesehen von der Spur des Geldes."

In Hayden kochte die Wut hoch, aber er konnte sie erfolgreich zurückdrängen. Clint war Tausende von Kilometern weit weg. Sich jetzt über seine Machenschaften zu ereifern, würde ihm nichts nützen. Er schüttelte den Kopf und begegnete Glens Augen. „Schon klar. Ich hätte mich selbst auch in Zweifel gezogen. Also, was machen wir jetzt?"

Noah sah sich auf dem Parkplatz um. „Lasst uns dieses Gespräch doch woanders als hier führen. Fährst du auch zurück nach Catamount?" Er richtete seine Frage an Glen.

Als Glen nickte, zückte Noah seine Schlüssel.

„Dann fahr uns doch nach. Wir treffen uns in Jakes Büro und unterhalten uns dort.“

Stunden später fuhr Hayden in der Dämmerung nach Hause und dachte über das nach, was sie heute erfahren hatten. Der einzige Beteiligte in Catamount, der sich weigerte, mit ihnen zusammenzuarbeiten, war Wallace Peyton. Alle anderen wollten um jeden Preis einen Vorteil erlangen. Durch ihre Gespräche und Jakes Nachforschungen fügten sich weitere Teile des Puzzles zusammen. Clint hatte seine Stellung genutzt, um das Schmugglernetzwerk in und um Bozeman zu decken. Immer, wenn die Ermittlungsbehörden um Unterstützung bei der Verfolgung verdächtiger Aktivitäten in abgelegenen Gebieten baten, hatte Clint ihnen nur gelegentlich weitergeholfen. Zunächst hatten sich die Ermittler nicht viel dabei gedacht, denn schließlich hatte es genug Fälle gegeben, um die sie sich kümmern mussten, und die Zerschlagung eines Schmugglernetzwerks wurde als langfristige Aufgabe angesehen. Letztes Jahr hatte Glen jedoch ein paar Gerüchte über Clint gehört, und so haben sie angefangen, ihre eigenen Nachforschungen anzustellen, als Clint ihnen keine Unterstützung zukommen lassen hatte. Schließlich hatten sie es geschafft, einige Lieferrouten und Lager zu schließen. Clint hatte sich zwar nach Kräften bemüht, sich nicht die Hände schmutzig zu machen, aber er hatte genug unternommen, um an das Geld heranzukommen, was bedeutete, dass er dem Netzwerk erlaubt hatte, das Jagdgebiet seiner Familie außerhalb von Bozeman zu nutzen und als Hauptkontakt für das Netzwerk von außerhalb des Staates zu agieren. Zwei der Männer, mit denen sie heute gesprochen hatten, behaupteten, dass er auch Shifter, die bereit waren zu schmuggeln, in das Netzwerk eingeschleust hatte.

Hayden war immer noch fassungslos, als ihm klar wurde, dass Clint das direkt vor seinen Augen abgezogen hatte. Er erinnerte sich noch gut an das erste Mal, als er gebeten worden war, den Strafverfolgungsbehörden zu helfen und einen Bericht über die unerlaubte Nutzung von Land, das dem Staat gehört, zu untersuchen. Clint hatte irgendwelchen Unsinn darüber erzählt, dass er nicht glauben konnte, dass die jungen Shifter auf das schnelle Geld hereinfallen würden. Als Hayden nun über viele von Clints Aussagen nachdachte, fielen ihm vor allem seine wiederholten Bemerkungen auf, dass sie die Sache wohl nie in den Griff bekommen würden, weil immer wieder Drogen verkauft und geschmuggelt würden. Er vertrat den Standpunkt, dass sie sich bestenfalls die kleinen Fische herauspicken könnten.

Hayden kam in der kreisförmigen Einfahrt vor dem Gästehaus zum Stehen. Sobald er anhielt, schalteten seine Gedanken einen Gang zurück und Shana drängte sich in den Vordergrund seiner Aufmerksamkeit. Jede Nacht, die er mit ihr verbrachte, vertiefte seine Gefühle nur noch mehr. Shana war mit keiner anderen Frau zu vergleichen. Sie sprach ihn auf allen Ebenen seines Seins an − als Mensch und als Löwe, geistig, seelisch und körperlich. Er ahnte, dass sie Vorbehalte hatte und überlegte immer wieder, wie er sie davon überzeugen konnte, dass sie sich keine Sorgen zu machen brauchte. Er wusste ohne jeden Zweifel, dass sie für ihn bestimmt war. Inzwischen hatte er sich mehrfach Gedanken darüber gemacht, wie er mit den möglichen geografischen Herausforderungen umgehen sollte. Er hatte beschlossen, nach Montana zurückzukehren und hoffentlich das Schmugglernetzwerk dichtmachen zu können, bevor er nach Catamount zurückkommen würde. Es gab kaum etwas, was ihn in Montana hielt. Shana allein war schon Grund genug, nach Catamount umzuziehen, aber es gab noch viele andere Vorteile. Er hatte bereits seine Fühler ausgestreckt, um herauszufinden, ob er eine Stelle in dieser Gegend bekommen könnte, und hatte einige vielversprechende Möglichkeiten gefunden.

Er stieg aus dem Truck und sein Körper brummte vor Vorfreude, als er durch die Tür trat und vom Anblick von Shanas entzückendem Hintern begrüßt wurde, als sie sich vorbeugte, um etwas in einem der Küchenschränke zu suchen.

KAPITEL ZEHN

Shana holte ein Backblech aus dem Schrank, hielt jedoch kurz inne, als sie ein scharfes Ziehen an ihren Haaren spürte und feststellte, dass sich einige lose Haarsträhnen im Türscharnier verfangen hatten. Sie legte das Blech ab, entwirrte vorsichtig ihre Haare und sprang auf, als sie Haydens Stimme hörte.

„Bleib ruhig noch ein Weilchen länger in dieser Haltung." Seine Worte strichen über sie, warm und sanft. Sie konnte das Lächeln in seiner Stimme hören.

Unwillkürlich entfuhr ihr ein Kichern. Hayden hatte diese Wirkung auf sie. Nach Jahren der Schwere in ihrem Herzen löste er ein leichtes, überschäumendes Gefühl in ihr aus. Selbst wenn sie sich ihren Kopf über ihn zerbrach, vergaß sie all das, wenn er in der Nähe war. Mit einem Lächeln befreite sie die letzte Haarsträhne aus dem Scharnier und nahm das Blech wieder zur Hand. Haydens warme, starke Handflächen schlangen sich um ihre Hüften und streichelten über ihren Po, als sie aufstand. Seine Berührung ließ ihren Puls sofort in die Höhe schnellen und ihren Bauch kribbeln. Als sie das Blech auf dem

Tresen abstellte und sich umdrehte, schnappte sie nach Luft, ihr Körper war heiß und sie war ganz feucht vor Verlangen.

Seine warmen, karamellfarbenen Augen begegneten ihrem Blick, neugierig und dunkel. Ohne ein Wort drückte er sie an sich und legte seinen Mund auf den ihren. Seine Zunge wanderte in ihren Mund und seine Hände umfassten ihren Po und zogen sie fest gegen seine Erregung. Er fühlte sich so gut an – so, so gut. Sie sehnte sich nach dem köstlichen Zittern, das er durch ihre Adern jagte. Heißes, flüssiges Verlangen pulsierte mit jedem Schlag ihres Herzens durch sie. Dann löste er sich von ihr und zog sich langsam zurück. Sein Atem ging in kurzen Zügen. Sie war wie betäubt und konnte kaum noch denken. Sie wollte ihm bloß noch die Kleider vom Leib reißen und ihn in sich haben. In ihr. Jetzt.

„Hey, du", meinte er leise.

Langsam löste er eine seiner Hände von ihrem Hintern und strich an ihrer Seite hinauf, fuhr über eine Brust und streichelte eine Brustwarze, bevor er sie anhob, um ihre Lippen zu streicheln. Sie konnte nicht widerstehen, ihre Zunge herauszustrecken und seine Fingerspitze in ihren Mund zu ziehen. Seine Augen verdunkelten sich, als sie ihre Zunge herumwirbeln ließ, bevor sie sie wieder losließ.

„Hey", antwortete sie schließlich. „Wie war dein Tag?"

Seine Augen wurden ernst. „Schwer zu sagen. Ergiebig, aber auch bedrückend. Und deiner?"

Besorgnis flackerte in ihrem Kopf auf. Sie wusste, dass er heute mit Noah zurück ins Bezirksgefängnis gefahren war, um sich mit dem Detective aus Montana zu treffen.

„Bei mir war viel los. Aber ich habe heute bloß

anderthalb Schichten gearbeitet, ich bin also nicht total kaputt, nur verdammt müde."

Haydens Finger umkreisten noch einmal ihre Lippen, bevor sie ihr Haar durchwühlten. Sanfte Schauer durchliefen sie. Jede Berührung schürte das Feuer zwischen ihnen. Da richtete sie ihren Blick auf ihn. „Ich wollte gerade etwas zum Abendessen machen."

Er grinste, wich aber nicht zurück. Sein heißer, harter und pulsierender Schaft lag an ihrem Bauch. „Essen können wir später." Sein Grinsen wurde noch breiter, als er mit den Fingern über ihren Hals fuhr. Sie erschauderte, angespannt vor Verlangen. Da fuhr er mit seinen Fingern zwischen ihren Brüsten hindurch und begann, ihre Bluse aufzuknöpfen. Sobald das geschehen war, stand sie bereits in Flammen und das Verlangen durchströmte sie. Sie zerrte an seiner Kleidung. Im Nu lag sein Hemd zusammen mit ihrer Bluse auf dem Boden, während sie seine Jeans aufriss. Sie brummte vor Vergnügen, als sie seinen samtig harten Schwanz in ihrer Hand spürte.

Sie schubste ihn zurück gegen den Tresen und kniete sich hin. Dann schob sie seine Jeans um seine Hüften und strich mit ihrer Zunge über die Unterseite seines Schwanzes. Sein Atem kam in einem langen Stöhnen heraus und seine Hand fuhr in ihr Haar. Sie ließ sich Zeit, leckte, streichelte und saugte und genoss den salzigen Geruch seines Spermas. Sein Körper war angespannt, seine Schenkel steinhart, als sie ihre Handflächen darüber gleiten ließ. Mit einer schnellen Bewegung zerrte er an ihrem Haar.

„Ich muss mich unbedingt in dir spüren", hauchte er.

Sie streichelte ihn ein letztes Mal, bevor sie ihn ganz in ihren Mund zog und sein Schwanz gegen ihre Kehle stieß, bevor sie aufstand. Sein Blick brannte sich in sie und steigerte die Hitze in ihr ins Unermessliche. Ihr Geschlecht krampfte sich zusammen, durchtränkt von Verlangen. Flink griff er nach ihrer Jeans und riss sie herunter. Augenblicklich schüttelte sie sie ab. Dann fummelte er in seiner Tasche herum und fluchte, während sein Blick auf sie fiel.

„Ich habe heute vergessen, Kondome mitzunehmen."

Aber er hielt nicht inne, sondern schlang langsam seine Hände um ihre Hüften und hob sie auf den Tresen. *Ich muss das jetzt unbedingt durchziehen."* Seine Handflächen glitten ihre Waden und Oberschenkel hinauf, seine raue Haut durchfuhr sie wie ein Feuer. Er schob ihre Schenkel auseinander und sah auf, als er einen Finger durch ihre vor Lust triefenden Schamlippen gleiten ließ. Sie stöhnte auf, als er einen Finger und dann einen weiteren in ihren Kanal schob. Sie zwang sich, sich zu beherrschen und sah ihm in die Augen. „Ich nehme die Pille, weißt du. Vor dir hat es drei Jahre lang niemanden gegeben."

Während sie das sagte, fragte sie sich, ob sie schon halb verrückt geworden war, aber sie vertraute ihm vollkommen. Sie machte sich keinerlei Gedanken über ihren Schutz. Der winzige Teil von ihr, der befürchtete, dass sie sich zu sehr in das Ganze verstrickt hatte, wollte sich zu Wort melden, um ihr klarzumachen, dass es nicht klug wäre, sich zu erlauben, sich so auf ihn einzulassen, wie sie das wollte. Aber diese Stimme war nicht zu hören, weil das Bedürfnis sie übermannte und ihr heftiger Instinkt sie dazu trieb, Hayden so nah wie möglich zu kommen.

Er hielt ihren Blick einen spannungsgeladenen Augenblick lang fest, bevor er einmal kurz heftig nickte. Dann kreiste er mit seinem Daumen um ihre Klitoris, während er seine Finger in ihren Kanal hinein und wieder herausgleiten ließ. Ihr Atem entwich in einem Schluchzen, als sich der Druck in ihr verstärkte. Sein Blick löste sich von ihr, während er sich nach vorne beugte und seinen Mund auf sie drückte. Alles verengte sich auf das Gefühl seiner Finger in ihrem pochenden Kanal und seiner Zunge, die um und durch ihre Falten strich. Als sie nach Luft schnappte, zog er ihren Kitzler in seinen Mund und trieb sie zum Höhepunkt. Ein heftiger Orgasmus durchfuhr sie, und die Lust breitete sich in Wellen in ihrem Inneren aus. Als er sich zurückzog, konnte sie sich kaum noch bewegen.

Dann zog er seine Finger nach oben, hinterließ eine feuchte Spur ihrer Lust auf ihrem Bauch und umkreiste ihre Brustwarzen. Er hob ihr Kinn mit seinen Fingerknöcheln an und küsste sie mit einer Heftigkeit, die ihr den Atem raubte. Gerade als sie sich nicht mehr vorstellen konnte, noch mehr zu wollen, begann er das Ganze noch einmal. Heiße, feuchte, betäubende Küsse. Seine Lippen, Zähne und Zunge liebkosten jeden Zentimeter, den sie bedeckten. Er spürte, wie sich sein Schwanz an ihre geschmeidigen Falten schmiegte. Als sie anfing zu betteln, bewegte er seine Eichel vor und zurück, bis sie sich ihm entgegen stemmte und verzweifelt danach verlangte, ihn in sich zu spüren. Da versank er mit einem rasanten Stoß in ihr. Er legte seine Hände auf ihre Hüften und zog sie an den Rand des Tresens.

Das Gefühl, dass er sie ausfüllte und dehnte, brachte Shana immer näher an ihren Höhepunkt heran. Er hielt sie kräftig fest, während er in sie stieß. Sie schlang ihre Beine um seine Hüften, wollte ihn näher und tiefer haben und genoss das Kratzen seiner Bartstoppeln an ihrem Hals und den Biss seiner Zähne auf ihrer Brustwarze. Das Verlangen wurde mit jedem

Stoß stärker. Ein kurzes Schnippen seines Daumens an der Stelle, an der ihre Körper zusammenkamen, als er tief in sie eindrang, und sie überschlug sich vor Lust. Während ihr Kanal seine Länge umklammerte, krümmte er sich mit einem Schrei zurück und stieß pulsierend in sie. Anschließend neigte er seinen Kopf nach vorne und legte seine Stirn an die ihre.

Einige lange Augenblicke später hob Hayden seinen Kopf langsam an. Shana öffnete ihre Augen und sah seine auf sich gerichtet. Wortlos beugte er sich vor und küsste gemächlich ihre Lippen. Dann umfasste er ihre Hüften und zog sie an sich. Ohne seinen Griff zu lösen, bahnte er sich einen Weg durch ihr Schlafzimmer ins Bad. Sie lehnte ihren Kopf an seine Schulter, sicher in seinem Griff. Erst, als sie unter der Dusche standen und das dampfende heiße Wasser sie umspülte, ließ er sie wieder sinken.

***

Am nächsten Nachmittag auf dem Heimweg wollte Shana zuerst bei Dane vorbeischauen, um Setzlinge für Chloes Gewächshaus abzugeben. Eine Kollegin im Krankenhaus übertrieb es gern mit den Vorbereitungen für die Gartenarbeit und hatte stets mehr, als sie brauchte. Als sie auf der Straße nach Hause fuhr, klingelte ihr Handy. Sie tippte auf den Bildschirm auf ihrem Armaturenbrett, um abzunehmen.

„Oh, zum Glück bist du rangegangen!"

Phoebes Begrüßung ließ sie aufschrecken. „Wie wär's mit 'Hallo'?", konterte Shana.

„Na gut, hallo. Ich rufe nur an, um dir zu sagen, dass Dane über dich und Hayden Bescheid weiß. Ich dachte, du wolltest vielleicht vorgewarnt werden, bevor du ihn triffst."

„Was?!“

Shana war es eigentlich egal, was Dane von ihren Beziehungen hielt, aber er war seit dem Tod von Callen und der Entführung von Chloe durch zwei von Callens Kollegen aus dem Schmugglernetzwerk überängstlich und besorgt um jede Frau, die ihm etwas bedeutete. Shana hatte es auch nicht übers Herz gebracht, mit ihm über den wahren Zustand ihrer Ehe mit Callen zu sprechen, bevor er gestorben war, also wusste sie nicht, wie er reagieren würde, sobald er erfuhr, dass sie mit jemandem zusammen war. Er wäre wahrscheinlich sauer, dass Hayden ihm nichts davon erzählt hatte. Was sie besonders verärgerte. Dane meinte, er hätte das Recht, ihr Aufpasser zu sein, obwohl das gar nicht der Fall war.

„Jake sagt, Dane war gestern Abend im Gästehaus und hat durch das Fenster gesehen, wie ihr beide euch geküsst habt“, erklärte Phoebe.

„Na toll, einfach toll. Ich bin gerade auf dem Weg zu seinem Haus. Ich habe Chloe versprochen, die Setzlinge von Helen bei ihr abzuliefern.“

Phoebes Seufzer war durch die Autolautsprecher zu hören. „An deiner Stelle würde ich einfach mit ihm reden. Er hat zwar nicht das Recht, sich in dein Privatleben einzumischen, aber du weißt, dass er eine Meinung hat. Normalerweise ist Jake ja kein Arsch, aber als es um Lily gegangen ist, war er wie ein großer Bruder, der das Sagen hatte. Er war zwar vernünftig genug, auf mich zu hören, als ich ihm gesagt habe, er solle sich zurückhalten, aber trotzdem.“

„Verdammt. Das ist nicht unbedingt das, womit ich mich heute beschäftigen wollte.“

„Falls es dich tröstet: Jake behauptet, Dane mag Hayden.“

„Ich bin mir nicht sicher, ob das gut ist oder nicht.

Wahrscheinlich hat er erwartet, dass Hayden ihn um Erlaubnis oder so einen Quatsch bittet."

Phoebe gluckste. „Stimmt. Ich wollte jedenfalls nicht, dass du ihn triffst, ohne dass du Bescheid weißt."

„Danke für den Anruf. Ich halte dich auf dem Laufenden."

Ihr Magen krampfte sich zusammen, als sie in die Einfahrt einbog, die an dem Gästehaus, in dem sie wohnte, vorbeiführte und an dem kolonialen Bauernhaus endete, das Dane mit Chloe teilte. Der Versuch, mit ihren Gefühlen für Hayden klarzukommen, war schon kompliziert genug, ohne dass ihr Bruder seine Meinung dazu abgeben musste. Shana parkte zügig ein, schnappte sich die beiden zugedeckten Tabletts mit den Setzlingen und trug sie zur Haustür. Als sie die Stufen hinaufstieg, schwang die Haustür auf. Chloe stand da und lächelte.

„Hey! Ich habe dich kommen hören. Ich nehme dir das lieber mal ab." Chloe griff nach den beiden Tabletts und verteilte deren Gewicht vorsichtig in ihren Händen. Ihr honigblondes Haar war zu einem Pferdeschwanz gebunden. Ihre grünen Augen leuchteten, als sie über ihre Schulter blickte und Shana mit einem Kopfnicken zu verstehen gab, dass sie ihr folgen sollte. Sie durchquerten den Eingangsbereich und das Wohnzimmer, bevor sie durch einen kurzen Flur in die Küche im hinteren Teil des Hauses gingen. Chloe stellte die Tabletts mit den Setzlingen auf den Küchentisch und hob die Deckel an, um sie zu untersuchen.

„Das ist ja großartig! Hier sind Tomaten, Kräuter und noch viel mehr drin." Chloe blickte zu Shana auf. „Vielen Dank, dass du die für mich mitgebracht hast.

Ich kann es kaum erwarten, diesen Sommer einen Garten anzulegen!"

Shana zuckte mit den Schultern. „Kein Problem. Helen dreht jedes Jahr ein bisschen durch, wenn es um Gartenarbeit geht, und jetzt, wo sie weiß, dass du dich dafür interessierst, wird sie dir noch mehr schicken. Wenn du demnächst im Krankenhaus vorbeikommen willst, kann ich euch miteinander bekannt machen."

„Prima! Vielleicht kann ich Ende der Woche mal vorbeischauen." Dann wandte sie sich ab und wies auf die Kaffeekanne. „Kaffee?"

„Klar." Shana nahm auf einem Hocker an der Theke Platz. Als Chloe ihr eine Tasse Kaffee hinschob, sah sie sie an. „Hat Dane dir gegenüber irgendwas über mich und Hayden erwähnt?"

Chloe biss sich auf die Lippe und zog die Nase kraus. „Ja. Ich wollte dich schon warnen, dass er möglicherweise was sagen könnte."

Shana strich sich die Haare aus dem Gesicht. „Phoebe hat schon angerufen, weil Dane es wohl Jake gegenüber erwähnt hat. Sag mir doch einfach, was er gesagt hat."

Chloe seufzte. „Er hat gesagt, dass er euch beide gestern Abend auf dem Heimweg durch das Eingangsfenster knutschen gesehen hat. Gestern hat er sich noch schrecklich darüber aufgeregt, aber ich habe ihn daran erinnert, dass du einunddreißig Jahre alt bist und damit das Alter überschritten hast, in dem er mitbestimmen kann, was du tust. Keine Ahnung, ob das viel geholfen hat."

Shana nahm einen Schluck Kaffee und betrachtete den Tresen, wobei sie die Kanten der Fliesen nachzeichnete. „Dane hatte nicht besonders viel Grund, überfürsorglich zu sein, als wir noch jünger waren. In der Highschool habe ich nicht viele Dates gehabt, und mit Callen bin ich erst zusammengekommen, als ich im zweiten Semester am College war. Wir haben geheiratet und das war's."

Chloe warf ihr einen Blick zu. „Ich hoffe, es ist in Ordnung, dass ich ihm erzählt habe, wie schlimm es zwischen dir und Callen am Ende war. Er war so besorgt um dich, seit Callen gestorben ist und wie du mit dem umgegangen bist, was Callen angerichtet hat, dass ich gedacht habe, es würde ihm helfen, alles besser zu verstehen."

„Das hast du ihm gestern Abend erzählt?"

„Nein, schon davor. Er hat gemeint, er wäre ziemlich erleichtert, davon zu erfahren. Er war so sauer auf Callen, dass er wohl nicht wusste, wie er dich unterstützen sollte. Aus irgendeinem Grund hat er sich wohl besser gefühlt, weil er gewusst hat, dass es zwischen dir und Callen schon beschissen war, bevor er gestorben ist. Ich bin mir nicht sicher, ob das irgendeinen Sinn ergibt ..."

Shana warf ein: „Für mich schon. Ich habe schon vor seinem Tod gewusst, dass Callen ein Arschloch ist. Mir war bloß nicht klar, was für ein Riesenarschloch er war, aber es war ja nicht so, dass ich die Wahrheit über ihn erfahren musste, nachdem wir eine wunderbare Ehe geführt hatten. Das wäre wahrscheinlich noch viel härter gewesen."

„Vermutlich ja", antwortete Chloe leise. „Und, ist es dir denn mit Hayden ernst? Du weißt, dass Dane danach fragen wird."

„Das geht ihn überhaupt nichts an", stellte Shana fest, während sich Ärger und Beklemmung in ihr zusammenbrauten. Es nervte sie, dass er danach fragen würde, weil sie gerade zwischen den Stühlen saß. Wenn sie sich nicht gerade den Kopf darüber zerbrach, erschien ihr alles mit Hayden so richtig.

Letzte Nacht war sie auf ihm eingeschlafen, seine Hand hatte auf ihrem Bauch gelegen, seine Lippen weich auf ihrem Hals, und sie hatte sich nichts sehnlicher gewünscht, als für immer bei ihm zu bleiben. Später, als sie wieder ihrem gewohnten Tag nachgegangen war, hatte sie plötzlich alles wieder hinterfragt, wie sie sich bei ihm so wohl fühlen konnte, wie sie mit der Hoffnung umgehen sollte, die in ihrem Herzen brodelte, und wie sie die räumlichen Herausforderungen meistern sollten, wenn sie versuchten, aus der Flamme, die so stark und hell zwischen ihnen loderte, etwas Echtes zu machen. Vor allem aber fragte sie sich, wie sie mit Hayden jemals das haben könnte, was ihr zum Greifen nahe schien – einen Mann, den sie von ganzem Herzen und mit ihrem ganzen Körper wollte, der sie ebenfalls mit jeder Faser begehrte und der einfach nur ehrlich und aufrichtig war und all das, was sie durch den Schwindel ihrer ersten Ehe gar nicht mehr für möglich hielt.

„Ich glaube, er weiß nur zu gut, dass ihn das nichts angeht, aber es ist ihm egal.“

Chloes unverblümte Einschätzung brachte Shana zum Schmunzeln. „Nein, es ist ihm egal, ob es ihn etwas angeht oder nicht.“ Dabei warf sie einen Blick auf die Uhr an der Wand. „Hast du eine Ahnung, wann er nach Hause kommt? Ich denke, dass ich lieber gleich reinen Tisch machen sollte.“

„Er sollte jeden Augenblick zu Hause sein. Wenn es dir lieber ist, dass ich mich aus dem Staub mache, kann ich mich im Gewächshaus beschäftigen“, bot Chloe an.

Shana zuckte mit den Schultern. „Macht für mich keinen Unterschied. Ehrlich gesagt, wenn du hierbleibst, ist es unwahrscheinlicher, dass Dane sich wie ein kompletter Arsch aufführt.“

Als hätten sie Dane herbeigezaubert, indem sie nur von ihm gesprochen hatten, hörte man in der Ferne das Öffnen und Schließen der Haustür, gefolgt von Schritten, die sich auf den Weg in die Küche machten. Dane bog um die Ecke in die Küche und seine blaugrauen Augen wanderten von Chloe zu Shana. Schnell trat er an Chloes Seite und drückte ihr einen Kuss auf die Wange, bevor er seine Jacke auf einen Stuhl neben dem Tisch warf. Chloe führte Smalltalk, obwohl der Raum in dem Augenblick angespannt war, als Dane hereingekommen war.

Shana hatte schließlich genug. „Okay, raus mit der Sprache", forderte sie und musterte Dane, der sich mit verschränkten Armen mit der Hüfte auf den Tresen stützte.

„Wovon redest du?" Die Falten um seinen Mund waren hart und sein Gesichtsausdruck war beherrscht.

Shana verdrehte die Augen. „Sagen wir einfach, ich bin gewarnt worden, dass du vielleicht etwas über mich und Hayden zu sagen hast."

Dane warf einen Blick zu Chloe, die ihre Hände in die Hüften stemmte und ihn anfunkelte. „Ich war nicht die Erste, die etwas zu ihr gesagt hat, und selbst wenn es so wäre, sollte das keine Rolle spielen."

Dane atmete tief durch und sein Blick wanderte zurück zu Shana. „Mir geht es doch nur darum, dass du nicht wieder verletzt wirst. Hayden scheint ja ein ganz netter Kerl zu sein, aber ..."

„Aber was?" Shana warf ihre Hände in die Luft.

Dane blickte sie an. „Du hast dieses Jahr schon viel durchgemacht. Weißt du überhaupt, was du willst? Was Hayden will? Ich kann dir eines verraten: Wenn er bloß eine Affäre will, finde ich das nicht in Ordnung. Du kannst niemanden gebrauchen, der dich so benutzt wie Callen. Callen wollte doch bloß deine familiären

Verbindungen von dir. Am Anfang habe ich das nicht erkannt, aber mit der Zeit ist es immer deutlicher geworden. Vielleicht möchtest du nicht darüber reden, aber Chloe hat mir erzählt, wie es zwischen euch beiden gelaufen ist, bevor er gestorben ist." Er hielt inne und holte tief Luft, als ein Schmerz in seinen Augen aufblitzte. „Du hast das alles nicht verdient. Callen war ein verdammter Verlierer in vielerlei Hinsicht. Ich möchte einfach nicht, dass du wieder verletzt wirst. Hayden scheint ein anständiger Kerl zu sein, aber ..."

Shana unterbrach ihn. „Ich habe angefangen, also gib jetzt nicht ihm die Schuld." Ihr Gesicht war vor Ärger und Beschämung gerötet. Auf keinen Fall hatte sie ihrem Bruder gegenüber eingestehen wollen, dass sie diejenige gewesen war, die Hayden dazu überredet hatte, und nicht andersherum. Aber sie wollte nicht, dass er etwas anderes dachte.

Da weiteten sich Danes Augen. Er wartete einen Augenblick. „Ob du damit angefangen hast oder nicht, ändert nichts an der Tatsache, dass er weiß, was du durchgemacht hast ..."

Chloe räusperte sich. Dane wollte gerade wieder das Wort ergreifen, als Chloe ihm eine Hand auf den Arm legte. Er kniff den Mund zusammen und verzog die Lippen zu einem schmalen Strich.

Shana funkelte ihn an. „Was auch immer du denkst, worüber du mich belehren musst, es wird nichts ändern." Sie konnte nicht sagen, warum, aber die Sorge ihres Bruders um sie nährte nur den Kessel der Ratlosigkeit, der in ihrem Kopf wegen Hayden ohnehin schon brodelte. Dane sprach es zwar nicht direkt aus, aber sie konnte sich schon denken, warum er sich Sorgen machte. Sie war gefühlsmäßig zu empfindlich, es war alles noch viel zu früh, sie wusste nicht, was sie eigentlich wollte, warum ließ sie sich dann also überhaupt auf eine Affäre wie diese ein? Und so weiter und so fort. Der Gedanke, der die ganze Zeit unter der Oberfläche brodelte ...

Du hättest dich nicht in ihn verlieben sollen. Du hättest ihn nicht bis ins Innerste deines Körpers, deines Herzens und deiner Seele begehren sollen. Du kannst nicht so tun, als wäre das nicht passiert. Denn es ist so. Leugnen hilft dir da auch nicht weiter.

Sie wischte ihre innere Kritikerin beiseite und versuchte, die Hoffnung zu unterdrücken, die in ihr aufkeimte wie Blumen, die im Frühling durch den Schnee sprossen. Dabei blickte sie zwischen Dane und Chloe hin und her. Chloes Augen waren warm vor Sorge. Was auch immer Dane fühlte, er war verdammt gut darin, es für sich zu behalten. Wieder begegnete sie seinem Blick. „Ich kann ja verstehen, dass du dir Sorgen machst, aber lass mich das selbst herausfinden. In Ordnung?"

Dane nickte langsam. Sie kippte den letzten Schluck ihres Kaffees runter und stand auf, um zu gehen.

KAPITEL ELF

Hayden saß am Küchentisch des Gästehauses, seinen Laptop auf dem Tisch, während er seine geschäftlichen E-Mails bearbeitete. Shana war heute Morgen früh zur Arbeit gegangen. Hayden blickte auf, als es an der Tür klopfte. Da trat Dane herein.

„Hey Mann, wie geht's?"

Dane nickte und kam zum Tisch, zog sich einen Stuhl heran und setzte sich. Hayden loggte sich aus seinen E-Mails aus und klappte seinen Laptop zu. Dane war ruhiger als sonst. Als Hayden ihm wieder in die Augen sah, wusste er sofort, dass Dane offensichtlich von ihm und Shana wusste. Seine Gedanken kreisten um die letzte Nacht. Shana war gereizt und verstimmt nach Hause gekommen. Als er sie gefragt hatte, wie es ihr ging, hatte sie es abgetan und ihn zu sich gezogen. Sie hatte ihn fast um den Verstand gebracht, wie sie das immer tat, wenn die beiden einen Augenblick allein waren. Doch letzte Nacht hatte sie einen gewissen Übermut an den Tag gelegt. Er wusste nicht, was er mit der tiefen Vertrautheit, die er für sie empfand, und der gleichzeitig noch so jungen Beziehung zu ihr anfangen sollte. Er hätte sie so gerne zur Rede gestellt und gefragt, was sie auf dem Herzen hatte, aber er hatte das Gefühl, dass sie ihn nur vertrösten würde, also ließ er es bleiben. Als er Dane ansah, fragte er sich, ob Shana wohl wusste, was Dane wusste.

Hayden holte tief Luft und dachte über seine Lage nach. Er erinnerte sich daran, wie er sich letzten Winter gefühlt hatte, als er Shana kennengelernt hatte. Der Funke der Anziehungskraft war sofort übergesprungen, als er sie zum ersten Mal gesehen hatte. Damals hatte er keine Ahnung von den Umständen ihrer Ehe mit Callen gehabt und sich gesagt, dass sie aus Respekt vor dem, was sie durchmachen musste, und aus Respekt vor Dane tabu war. An dem Tag, an dem er sie zum ersten Mal zu Gesicht bekommen hatte, als er in Catamount angekommen war, waren ihm dieselben Gedanken durch den Kopf geschossen. Dann hatte sie ihn geküsst, und er hatte nicht gezögert, den Augenblick zu genießen, in dem ihre Lippen auf seine getroffen waren. Darüber hinaus hatte sie ihm die Wahrheit über die Jahre ihrer gescheiterten Ehe erzählt und ihm klargemacht, was sie wollte. Schon damals hatte er gewusst, dass er sich mit dieser Frau auf alles einlassen würde.

Das Wort Liebe durchbohrte seine Gedanken wie ein Schuss. Seit dem Tag, an dem er sie in Löwengestalt im Wald gesehen hatte, tanzte es an den Rändern seines Bewusstseins entlang. Sein Löwe wusste genau, was sich zwischen ihnen abspielte. Das Bewusstsein, dass Shana aus freien Stücken bereit sein musste und er nichts erzwingen konnte, ließ ihn innehalten. Die andere Frage war rein organisatorischer Natur, wie und wann er nach Catamount umziehen sollte. Er hatte dieses Thema noch nicht mit Shana besprochen. Er wollte auf keinen Fall riskieren, sie zu vergraulen. Egal, wie stark seine Gefühle für sie waren, ungeachtet der Tiefe der Verbindung zwischen ihnen, spürte er doch, dass Shana immer noch damit beschäftigt war, ihre Gefühle in den Griff zu bekommen. Sie war eine starke Frau und ließ sich nicht unter Druck setzen, also wagte er nicht, seine Karten zu früh auszuspielen. Er überlegte, wie er das alles Dane erklären sollte.

Bevor er irgendetwas sagen konnte, wandelte sich Dane. Er stand vor Hayden, die Nackenhaare aufgestellt und knurrte. Haydens Instinkt trieb ihn dazu, sich ebenfalls zu wandeln. Dane knurrte und stürzte sich auf ihn. Hayden wollte das nicht und schon gar nicht im Haus, also wich er zurück, stürmte durch die Tür und flitzte in den Hof und über das Feld zu den Bäumen. Dane war ihm dicht auf den Fersen. Hayden krallte sich an die Fäden seiner menschlichen Vernunft. Er wusste, dass Dane das hier brauchte, also würde er eine Möglichkeit finden, einen Ausgleich herbeizuführen, damit die Sache nicht aus dem Ruder lief.

Hayden wirbelte herum, als sie sich im Schutz des Waldes befanden. Dane stürzte sich von einem Baum und raste an Hayden vorbei, wobei er ihn im Vorbeilaufen streifte. Hayden knurrte und sprang auf einen Ast. Dane war schlank und schnell. Er verfolgte jede Bewegung von Hayden. So hetzten die beiden durch die Bäume, wichen einander aus und schlugen zu. Hayden konnte Danes Ärger in jeder Bewegung spüren. Für den Bruchteil einer Sekunde verlor Hayden die Konzentration, als ihm Shana in den Sinn kam. Mitten in der Luft verlor er den Halt an einem Ast und rutschte ab. Dane stürzte sich auf ihn und knurrte ihm ins Gesicht. Nach einem langen Augenblick wurde es ruhig, und Dane wich langsam zurück.

Kurze Zeit später ließ sich Hayden in der Küche auf einen Stuhl fallen und beäugte Dane vorsichtig. Sie waren leise ins Haus zurückgekehrt und hatten sich wieder in Menschengestalt verwandelt.

Dane räusperte sich. Als Hayden aufblickte, war Danes Blick unnachgiebig. „Shana sagt, es geht mich nichts an, aber ich denke schon. Sie ist meine Schwester und sie hat die Hölle durchgemacht. Ich weiß ja nicht, was du für Absichten hast, aber wenn du ihr wehtust, wirst du dich vor mir verantworten müssen", entrüstete sich Dane.

Hayden lehnte sich in seinem Stuhl zurück und hielt Danes Blick stand. „Einverstanden."

Dane wölbte eine Braue. „Was sind deine Absichten? Und sag mir ja nicht, dass mich das nichts angeht. Ich habe dir vertraut. Ich tue mein Bestes, um das Ganze nicht unnötig zu verkomplizieren, aber du solltest lieber ehrlich zu mir sein." Danes Stimme war leise und durchdrungen von Verärgerung.

Hayden war erleichtert, dass er dieses Gespräch endlich hinter sich bringen konnte, denn ihm hatte es keineswegs behagt, dies vor Dane zu verheimlichen. Der einzige Grund dafür war gewesen, dass er das Gefühl gehabt hatte, dass es Shanas Entscheidung war und nicht seine. Er hielt Danes Blick stand. „Ich habe das zwar alles nicht so geplant, aber was mich betrifft, gibt es keine andere für mich. Ich weiß, dass Shana ein hartes Jahr hinter sich hat und vielleicht ist das Timing nicht gerade ideal, aber ich warte doch nur darauf, dass sie bereit ist. Ich habe bereits beschlossen, nach Catamount zu ziehen. Ich habe keine Familie mehr in Bozeman, die mich dort halten könnte, und ich kann mir nicht vorstellen, dass Shana irgendwo anders als in Catamount sein könnte. Mir gefällt es hier. Das ist eine rein organisatorische Angelegenheit. Ich möchte doch nur ..." Er hielt inne und ihm schnürte es die Kehle zu. Er wollte Shana endlich davon überzeugen, dass sie die einzige Frau für ihn war.

Danes harte Miene wurde sanfter. Er verschränkte seine Arme und musterte Hayden. „So sieht es also aus?"

Hayden fuhr sich mit einer Hand durch die Haare. „Ja, genau so ist es."

Dane schwieg einen Augenblick, seine Augen waren nachdenklich. „Shana kann nicht gut mit Druck umgehen."

Hayden nickte, sein Brustkorb und seine Kehle waren noch immer wie zugeschnürt vor Aufregung. „Ich habe es ja verstanden. Ich warte. Ich habe ihr noch nicht genau gestanden, was ich für sie empfinde."

Dane lehnte sich vor und stützte seine Ellbogen auf den Tisch. „Es würde vielleicht helfen, wenn sie Bescheid wüsste."

„Glaubst du nicht, dass sie sich dadurch unter Druck gesetzt fühlen könnte?"

Dane zuckte mit den Schultern. „Ich schätze, sie setzt sich selbst mehr unter Druck, als irgendjemand anderes das könnte. Es ist wohl das Beste, wenn sie weiß, wo du stehst."

Hayden dachte über Danes Worte nach. „Vielleicht." Dann atmete er tief durch und versuchte, die Aufregung, die seine Kehle verstopfte, zu lindern. „Hör zu, ich schätze dich sehr. Ich möchte nicht, dass du denkst ..."

Dane lehnte sich zurück und machte eine abwinkende Handbewegung. „Ich war schon sauer, aber das habe ich inzwischen überwunden." Er hielt inne und gluckste. „Shana ist mir ziemlich an die Gurgel gesprungen und hat mir klargemacht, dass sie damit angefangen hat. Ich wäre immer noch sauer, wenn ich befürchten müsste, dass du sie verletzen könntest, aber ich habe nicht das Gefühl, dass ich mir momentan darüber Gedanken machen muss. Ich behalte mir aber das Recht vor, in Zukunft sauer zu sein, wenn sich etwas ändert, also sei lieber gut zu ihr."

Hayden gluckste. „Alles klar. Du hast mein Wort."

Irgendwie ging das Gespräch dann weiter. Einige Zeit später, nachdem Dane gegangen war, saß Hayden oben in der kleinen Sitzecke und betrachtete den Wald und die Berge, die sich dahinter erhoben. In seinem Kopf drehten sich die Rädchen, als er überlegte, wann und wie er Shana wohl am besten vermitteln sollte, wie viel sie ihm bedeutete.

KAPITEL ZWÖLF

Shana kam nach einer weiteren Doppelschicht spät nach Hause, ihr Körper war müde und erschöpft. Als sie hereinkam, stellte sie fest, dass Hayden bereits das Abendessen zubereitet hatte. Sie hatte festgestellt, dass er ein bemerkenswert guter Koch war. Heute Abend hatte er einen einfachen Eintopf zubereitet, da er nicht sicher gewesen war, wann sie nach Hause kommen würde. Nach einem gemütlichen Abendessen und einem Glas Wein schlief Shana ein, während seine starken Arme sie umschlossen.

Am nächsten Morgen wurde sie von leisen Männerstimmen geweckt. Sie lag im Bett und dachte über ein kurzes Gespräch von gestern Abend nach, als Hayden ihr erzählt hatte, dass Dane ihn wegen ihr zur Rede gestellt hatte. Sie hatte zugegeben, dass Dane sie am Vortag darauf angesprochen hatte, aber sie hatte noch nicht die Kraft gehabt, weiter darüber zu sprechen. Hayden hatte ihr zwar zu verstehen gegeben, dass er sie gut verstand, aber mehr hatte er nicht zu sagen, was sie ein wenig wunderte. Da sie erst heute Nachmittag zur Arbeit musste, zog sie sich einen

Morgenmantel an und begab sich zur Tür. Sie hielt inne, als sie merkte, dass die andere Stimme die von Dane war.

„Und, hast du dich getraut, Shana deine Gefühle zu gestehen?" Danes Frage war sanft und hatte einen Hauch von Ironie.

Sie erstarrte und war stinksauer. Sie musste den Drang unterdrücken, einfach durch die Tür zu stürmen und den beiden eine Standpauke zu halten. Sie wartete, um Haydens Antwort zu hören.

„Noch nicht. Ich versuche erst, den richtigen Zeitpunkt zu finden." Seine unverbindliche Antwort machte sie nur noch verärgerter.

„Sieh aber zu, dass du nicht zu viel Zeit verschwendest."

Shana schob sich durch die Tür und zog den Gürtel ihres Morgenmantels enger, während sie in die Küche schritt. Sie saßen gemeinsam am Tisch. Hayden schob seinen Stuhl zurück und stand auf. „Hallo, wir haben gerade ein paar Omeletts gefuttert, aber ich wollte noch warten, bis du aufstehst, bevor ich dir deins zubereite."

Sie wehrte sich gegen ihr Verlangen nach ihm. Am liebsten wäre sie zu ihm gegangen, hätte ihn geküsst und ihren Kopf in seiner starken Brust vergraben. Er war wie ihre persönliche Stimmgabel, und ihr Körper bewegte sich jedes Mal auf ihn zu, wenn er in der Nähe war. Ihre Gefühle saßen tief und sie wusste nicht, wie sie damit umgehen sollte. Zu hören, dass ihr eigener Bruder (der überhaupt kein Recht hatte, sich in ihr Privatleben einzumischen!) offenbar mehr darüber wusste, was Hayden für sie empfand, machte sie zum einen stinksauer und zum anderen beschämt.

Als sie Haydens Blick begegnete, errötete sie und ihr Gesicht und ihr Körper erwärmten sich schlagartig. Ihr Blick schweifte von ihm zu Dane. „Vielleicht könnt ihr mich auf den neuesten Stand bringen, worüber ihr euch gerade unterhaltet." Ihre Stimme klang hoch und schrill in ihren eigenen Ohren, aber das kümmerte sie nicht. Ihr Zorn pulsierte in Wellen durch sie hindurch.

Hayden hielt inne und wandte sich Shana zu. Ihr Gesicht war rot angelaufen und ihre Augen funkelten. *Scheiße! Sich mit Dane zu unterhalten, bevor du das Gespräch mit Shana suchst ... ein wirklich schlechter Plan.* Hayden versuchte, seine Gedanken zu ordnen und sich zu überlegen, was er sagen sollte. Er wünschte sich sehnlichst, Dane wäre in diesem Augenblick nicht hier gewesen, denn er wusste, dass Danes Anwesenheit Shanas Ärger wahrscheinlich noch verstärkte. Sie war sauer auf ihn, weil er nicht zuerst mit ihr gesprochen hatte, und sauer auf Dane, weil er sich in ihr Leben eingemischt hatte. Dane schob seinen Stuhl vom Tisch zurück und stand auf.

„Sei nicht sauer auf Hayden wegen dieser Sache. Ich habe gestern mit ihm gesprochen. Soweit es mich betrifft, ist er ..." begann Dane.

„Seit wann ist es deine Aufgabe, jeden abzuchecken, mit dem ich zu tun habe?" Shana gab Dane keine Gelegenheit zu antworten und wandte sich an Hayden. „Du besitzt also genug Anstand, um zu erwähnen, dass mein Bruder dich wegen uns zur Rede gestellt hat, aber du machst dir nicht die Mühe, mir zu verraten, was zum Teufel du fühlst?" Hayden wollte etwas erwidern, aber sie machte eine abwinkende Handbewegung. „Weißt du was? Wenn du denkst, dass mein verdammter Bruder mehr Recht darauf hat, zu hören, was du fühlst, als ich, dann will ich es gar nicht hören.“

Hayden machte einen Schritt auf sie zu und schlang seine Hand um ihren Arm. Doch sie wehrte seine Berührung ab. „Shana, bitte ...“

„Nein!“

Sein Herz raste und in seinem Magen kribbelte es. Am liebsten hätte er sie gepackt und an sich gerissen, aber er wusste, dass er das nicht konnte. Nicht jetzt. Hätte er es erzwungen, hätte sie ihn bloß von sich gestoßen. Er ließ seine Hand sinken, ballte und löste seine Faust, um sie nicht wieder zu packen. Sie wirbelte davon und drehte sich noch einmal um, bevor sie die Schlafzimmertür aufstieß. „Wenn ich wieder rauskomme, ist es am besten, wenn du in die andere Wohnung ziehst. Dane kann ja dafür sorgen, dass die Heizung läuft.“

Die Tür zu ihrem Schlafzimmer schlug zu. Er stand da und die Stille hallte im Raum wider. Dann drehte er sich um und musterte Dane. Dane zog die Brauen hoch und zuckte mit den Schultern.

„Tut mir leid, Mann. Ich hätte nichts sagen sollen. Gib ihr etwas Zeit. Ich weiß, dass du ihr viel bedeutest.“

Hayden versuchte, den Schmerz zu unterdrücken, der sich in ihm zusammenzog, aber das gelang ihm nicht. Er befürchtete, dass er Shana wegen der dümmsten Sache der Welt verlieren würde – weil er nicht den Mut gehabt hatte, ihr einfach zu sagen, was er fühlte. Und jetzt hatte er nicht mehr die Kraft, zu reden. Er nickte Dane heftig zu. „Könntest du uns vielleicht ein wenig allein lassen?“

Dane stand so schnell auf, dass er fast seinen Stuhl umwarf. „Bis später“, verabschiedete er sich über seine Schulter, während er zur Tür hinausging.

Hayden holte tief Luft und trat an die Tür von Shanas Schlafzimmer.

„Shana? Bitte lass es mich erklären", rief er durch die Tür.

Es herrschte eine lange Stille, bevor er Schritte auf dem Fußboden stampfen hörte und die Tür aufflog. Shanas silberne Augen waren dunkel vor Wut und durchdrungen von Schmerz. „Ich möchte keine Erklärungen von dir. Ich bin es so leid, dass alle denken, ich wäre zu zerbrechlich, um mir zu sagen, was los ist. Ich brauche jetzt meinen Freiraum. Lass mich einfach in Ruhe." Damit wandte sie sich ab und schloss leise die Tür. Das Geräusch des Schlosses hallte durch den Korridor.

Hayden wäre am liebsten geblieben und hätte gewartet, bis sie herauskam, aber er wusste, dass er ihr den Freiraum geben musste, den sie verlangt hatte, also holte er leise seine Sachen aus dem Gästezimmer und brachte sie in die andere Wohnung. Dort stand er am Fenster und betrachtete den Hinterhof. Er wusste, dass er allein sich selbst die Schuld daran geben musste. Shanas Leben war im letzten Jahr aus den Fugen geraten, und sie hatte kaum etwas dagegen tun können. Er hätte auf keinen Fall den Eindruck erwecken dürfen, dass andere ein Mitspracherecht in ihrem Leben hatten. Dane, der wohlmeinende und überfürsorgliche Bruder, hätte nicht der Erste sein dürfen, der erfuhr, wie viel Shana Hayden bedeutete.

———

Ein paar Tage später schob Shana die Tür von Roxanne's Country Store auf und trat ins Freie. Es war ein heller Frühlingstag. Sie atmete tief ein und sog den erdigen Geruch der jungen Pflanzen ein. Ihr Herz war schwer, als sie versuchte, sich mit der Tatsache abzu-finden, dass Hayden Catamount wahrscheinlich verlassen würde, ohne noch einmal mit ihr zu spre-chen. Sie hatte es nicht ertragen, in seiner Nähe zu sein, und Phoebe angefleht, sie die letzten Nächte bei sich übernachten zu lassen. Phoebe hatte widerwillig zugestimmt, doch sie hielt sich zurück und bedrängte sie nicht weiter. Bis heute Morgen, als Phoebe sie gefragt hatte, wie lange sie sich noch stur stellen würde. Phoebes Frage hatte ihr geholfen, den Mut aufzubringen, sich heute Morgen mit Hayden zu unterhalten, nur um festzustellen, dass er nicht mehr im Gästehaus war, als sie vorbeikam.

In ihrer Verzweiflung hatte sie heute Morgen Dane angerufen, der ihr mitteilte, dass Hayden in ein paar Stunden aus Portland abfliegen würde. Als sie sich ihrem Auto näherte und sich fragte, wo er wohl steckte, hörte sie plötzlich Schritte hinter sich. Shana wirbelte herum. Hayden machte zwei weitere Schritte und hielt direkt vor ihr inne. Seine karamellfarbenen Augen begegneten ihrem Blick und er wandte den seinen nicht ab. Sein Haar war zerzaust, als hätte er es ein paar Mal zu oft mit der Hand durchwühlt. Er trug eine ausgeblichene Jeans und ein marineblaues T-Shirt, seine muskulösen Arme und seine Brust strapazierten den Stoff. Sehnsucht und Lust regten sich tief in ihr. Ihr Körper summte vor Verlangen, so wie immer, wenn er in ihrer Nähe war.

Er griff nach ihren Händen, sein warmer, starker Griff schloss sich um ihre. Ihr Herz pochte und ihre Kehle war wie zugeschnürt. Sie hatte ihn in den letzten Tagen so sehr vermisst. Sie hatte gedacht, sie bräuchte Abstand. Vielleicht tat sie das immer noch, aber sie wusste nur eines: Sie konnte nicht mehr klar denken.

„Ich habe es vermasselt, Shana. Die ganze Sache mit dir hat mich völlig aus der Bahn geworfen und ich war nicht darauf vorbereitet. Ich hätte nicht mit Dane darüber reden sollen, wie ich mich fühle, bevor ich mit dir gesprochen habe. Ich kann zwar nichts mehr daran ändern, aber es tut mir mehr leid, als du ahnst."

Er blickte ihr in die Augen und holte tief Luft. „Du hast selbst gesagt, wir würden herausfinden, ob mehr dahintersteckt. Ich weiß ja nicht, wie es dir geht, aber für mich ist da mehr. Es zerreißt mich, mit solchen Gedanken fortzugehen, also musst du wissen, wie ich mich fühle. Ich liebe dich."

Seine Worte erschütterten sie zutiefst. Hoffnung wirbelte wie verrückt in ihrem Herzen herum. Er drückte ihre Hände, löste dann eine seiner Hände und schob sie in ihr Haar. Seine Berührung tat beinahe weh – sie fühlte sich so unglaublich herrlich an und sie hatte ihn so sehr vermisst. Dann schloss er die Augen. Seine Schultern hoben und senkten sich bei einem tiefen Atemzug. Gefühle durchfuhren sie, und sie versuchte, sich zusammenzunehmen. Als er seine Augen wieder öffnete, hielten sie ihren Blick unverwandt fest.

Seine Stimme klang heiser, als er wieder sprach. „Ich wollte dich nicht unter Druck setzen, aber ich kann nicht gehen, ohne dass du genau weißt, wie es um mich steht. Ein Teil von mir will dich so sehr, wie ich noch nie jemanden gewollt habe. Ich hatte eigentlich vor, dir zu sagen, dass ich schon geplant habe, hierher zu ziehen, sobald du bereit bist. Das Einzige, was mich in Montana festhält, ist dieser verdammte Fall. Danach ..."

Seine Worte verstummten. Große Gefühle stiegen in ihr auf. Tränen schnürten ihr die Kehle zu und stachen ihr in die Augen. Mit einer Hand strich er über ihre Lippen. Die Luft um sie herum flirrte. Sie konnte kaum noch atmen. Haydens karamellfarbener Blick versengte sie. Ihr Herz schlug ihr gegen die Rippen. Seine Worte trafen ihr Herz. Er sagte genau das, was sie hören wollte, und das verunsicherte sie. Sein Daumen strich über ihre Lippen, und Hitze durchflutete sie. Als er seinen Mund auf den ihren legte, überkam sie ein unglaubliches Gefühl. Seine Hand umfasste ihren Hinterkopf und sein Daumen strich über die weiche Haut unter ihrem Ohr. Sie drängte sich näher an ihn heran, wollte ihn unbedingt spüren. Nur ein paar Tage von ihm getrennt, und es war, als wäre sie ausgehungert. Seine Zunge fuhr über ihre Lippen und drang in sie ein, als sie aufstöhnte. Direkt hinter ihr stand ihr Auto. Er schmiegte sich an ihren Körper und machte einen Schritt. Sie spürte das kühle Metall ihres Autos an ihrem Rücken.

Haydens Küsse konnten sie in den Wahnsinn treiben und sie alles andere vergessen lassen, außer dem Gefühl seiner Lippen auf ihren. Auch dieser Kuss bildete da keine Ausnahme und barg all die unerfüllten Gefühle in sich, die sie zu unterdrücken versucht hatte. Sie wollte sich in ihm verlieren, doch er löste sich von ihr und zog sich zurück. Als sie die Augen öffnete, sprudelten die Gefühle in ihr hoch.

Hayden stand dicht neben ihr, und sie atmeten gleichmäßig ein und aus. Entfernte Geräusche drangen in ihr Bewusstsein – Stimmen von der anderen Seite der Grünanlage, das Krächzen einer Krähe und das Zwitschern von Spatzen. Haydens Blick traf den ihren, eine Mischung aus Sehnsucht und Traurigkeit.

Dann räusperte er sich und seine Worte klangen rau. „Vergiss das nie. Ich liebe dich, aber ich warte auf dich, bis du bereit bist."

Schließlich trat er zurück und ließ seine Hände

von ihrem Körper gleiten. Sofort fühlte sie sich beraubt und vermisste seine Berührung. Mit Mühe zwang sie sich, zu sprechen. „Ich, äh ...“ Die Worte wollten ihr partout nicht über die Lippen kommen. Sie war zu benebelt, zu überwältigt.

„Schon gut. Ruf mich einfach an. Ich bin da.“

Sie sah ihm nach, wie er davonging. Die Tränen, die in ihren Augen gebrannt hatten, kullerten schließlich über ihre Wangen.

KAPITEL DREIZEHN

Ein paar Tage später trat Shana durch die Tür von Roxanne's Country Store. Es war ein regnerischer, kühler Frühlingsmorgen. Der Regen ließ die letzten Schneeflecken schmelzen, aber die Kälte steckte ihr noch in den Knochen. Sie machte sich auf den Weg zur Sandwichtheke. Es war mitten am Vormittag, also war der Laden noch nicht so voll. Während sie an der Theke wartete, sah sie sich die Sonderangebote auf der Tafel an. Roxanne trat durch die Schwingtür, die nach hinten führte. Sie grinste, als sie Shana sah.

„Na du! Wie geht's denn so?"

Shana versuchte zu lächeln, aber es schwankte und wollte nicht so recht halten. Sie hatte angenommen, dass sie ihre Gefühle unter Kontrolle hatte, aber anscheinend konnte sie sich nur bei der Arbeit zusammenreißen. Dort war sie so beschäftigt, dass sie kaum Zeit zum Atmen hatte, geschweige denn darüber nachzudenken, wie sehr sie Hayden vermisste.

Roxannes Lächeln löste sich in einen besorgten Blick auf. Sie sah sich im Laden um, bevor sie sich an die junge Frau wandte, die auf der anderen Seite des

Arbeitsbereichs hinter der Theke damit beschäftigt war, die Sandwiches zu belegen. „Becky, behalte die Theke im Auge. In Ordnung?“

Becky blickte auf und nickte. Roxanne bedeutete Shana, ihr zu folgen, und hakte sich bei Shana unter, als sie hinter der Theke ankam. Roxanne führte sie nach hinten, vorbei am Büro und in das kleine Wohnzimmer im Privatbereich des alten Hauses. Dort befahl Roxanne ihr fast, sich in einen der bequemen Stühle zu setzen und eilte wieder nach draußen. Einen Augenblick später kam sie mit zwei Tassen Kaffee zurück und reichte Shana eine davon.

Mit einem Schwung setzte sie sich auf den Stuhl, der Shana zugewandt war. „Also gut, was zum Teufel ist mit dir los? Phoebe hat gesagt, dass du dich in den letzten Tagen zu Tode gearbeitet hast. Sie hat nicht viel über dich und Hayden erzählt, aber ich habe zufällig gesehen, wie du geweint hast, als er neulich fortgefahren ist. Raus mit der Sprache.“

Shanas Kehle war wie zugeschnürt und ihr Herz setzte einen Schlag aus. Dann nahm sie einen Schluck Kaffee und starrte auf den Strudel der reichen, dunklen Flüssigkeit in der Tasse. „Ich habe es vermasselt“, antwortete sie leise.

Nach einer langen Stille räusperte sich Roxanne. Shana blickte auf und sah Roxannes warme blaue Augen auf sich gerichtet. Roxanne machte eine Handbewegung, sodass Shana fortfuhr.

Zunächst nahm Shana einen weiteren Schluck Kaffee. „Also, Hayden und ich hatten so etwas wie eine Affäre.“

„Hatten? Oder haben?“

Shana errötete. „Ich schätze, da läuft etwas zwischen uns. Du weißt ja, wie das mit Callen und mir war. Ich wollte einfach etwas fühlen, irgendetwas. Und Hayden, na ja …"

Als sie eine lange Pause machte, warf Roxanne ein: „Er ist ja schon heiß."

Shana konnte sich ein Kichern nicht verkneifen. „Ja, er ist heiß. Ich habe gedacht, wir könnten vielleicht eine Affäre haben. Schadet niemandem. Aber es ist viel mehr daraus geworden. Ich war stinksauer, als Dane mit Hayden darüber gesprochen hat, als ob er ein Recht hätte, sich in mein Privatleben einzumischen. Die letzten paar Tage, die er hier war, habe ich nicht einmal mit ihm gesprochen. Als du uns gesehen hast, wollte er gerade abreisen. Er ist gekommen, um mir zu sagen, was er fühlt."

Wieder eine lange Pause. Roxanne räusperte sich erneut. „Kommen wir zur Sache. Was fühlt er denn?"

Shanas Worte kamen leise heraus. Es tat fast weh, sie auszusprechen. Denn sie konnte das selbst nicht so recht glauben. „Er hat gesagt, dass er mich liebt."

Shana blickte auf und sah Roxannes Augen auf sich gerichtet. „Und was fühlst du?"

„Ich … Ich liebe ihn. Glaube ich."

Roxanne nahm einen Schluck Kaffee und nickte langsam. „Also gut. Wo liegt also das Problem?"

Shana kaute auf ihrer Lippe und strich über den Rand ihres Kaffeebechers. „Keine Ahnung. Ich meine, schau dir an, was mit Callen passiert ist. Meine Ehe war eine klägliche Niederlage und er hat sich als riesiges Arschloch entpuppt. Was, wenn ich einfach bloß ein unglaublich schlechtes Urteilsvermögen bei Männern habe? Ich glaube nicht, dass ich verkraften könnte, wenn es mit Hayden so schief geht wie mit Callen."

Roxanne schüttelte den Kopf. „Süße, keiner von

uns hat sich vorstellen können, dass Callen so ein Arsch sein würde. Ich kann gut verstehen, dass es so lange gedauert hat, bis du uns erzählt hast, wie es mit ihm war, aber du solltest nicht andere Männer mit ihm vergleichen. Sieh dich doch mal um. Du kennst viele tolle Männer, die eine Frau nie so behandeln würden, wie Callen dich behandelt hat. Ich kann nicht behaupten, dass ich Hayden besonders gut kenne, aber er ist nicht wie Callen. Schon bevor ich erfahren habe, dass Callen dich wie Scheiße behandelt hat und sich mit Drogenschmugglern eingelassen hat, habe ich gewusst, dass er ein ziemlicher Idiot ist. Für meinen Geschmack war er schon immer ein bisschen zu arrogant. Du bist eine meiner besten Freundinnen, also wollte ich dich unterstützen. Ich habe es nicht für angebracht gehalten, dich darauf hinzuweisen, dass er ein wenig zu sehr an sich selbst interessiert ist. Aber Hayden ist ganz anders. Der merkt doch gar nicht, wie verdammt heiß er ist. Er schenkt keiner der Frauen Beachtung, die ihn anglotzen. Dane, Jake und Noah zufolge ist er ein guter Kerl. Das hast du auch selbst gesagt, als du letztes Jahr aus Montana zurückgekommen bist. Ich kann ja verstehen, warum du so denkst, aber lass dich nicht darauf ein. Wenn du ihn liebst, dann tu etwas dafür.“

„Und wenn es zu früh ist?“

„Zu früh? Wie meinst du das?“

„Seit Callen gestorben ist, seit mein Leben durch alles, was er getan hat, auf den Kopf gestellt worden ist.“

Roxanne starrte sie förmlich an. „Mach dich doch nicht lächerlich! Callen ist letztes Jahr gestorben, und ihr beide wart die letzten Jahre davor nur dem Namen nach verheiratet. Wenn das der Grund ist, warum du dich zurückhältst, bist du ziemlich bescheuert.“

Roxanne hat sich noch nie davor gescheut, Klartext zu reden. Shana errötete erneut und nahm einen weiteren Schluck Kaffee, um sich zu sammeln.

„Also gut. Ich nehme an, ich bin ...“ Ihre Worte gerieten ins Stocken, als sie versuchte, sich zu erklären.

„Du denkst viel zu viel darüber nach“, schlug Roxanne vor. „Glaub mir, das hilft nicht. Was sagt dir denn dein Bauchgefühl?“

Einige Zeit später trat Shana nach draußen und atmete tief durch, um die frische Luft zu genießen. Der Regen hatte aufgehört. Sie dachte über Roxannes letzte Frage an sie nach. Auf ihr Bauchgefühl zu hören, bedeutete, sich auf beide Seiten von sich selbst einzustellen – die Löwin und den Menschen. Darin lag die Antwort, und die kannte sie bereits. Sie musste Hayden sehen. So bald wie möglich.

KAPITEL VIERZEHN

Seit er wieder zu Hause war, hatte Hayden alle Hände voll zu tun. Dafür gab es zwei Gründe. Er brauchte etwas, das ihn von Shana ablenkte, denn an sie zu denken, tat ihm zu weh. Er hatte sich geschworen, ihr den Raum und die Zeit zu geben, die sie brauchte, um von sich aus zu ihm zu kommen. Das Warten war unerträglich. Aber er musste warten. Shana war nicht einfach irgendeine Frau. Sie war dazu bestimmt, seine Gefährtin zu sein. Um all dem gerecht zu werden, was sie war – stark, intelligent und so scharf, dass sie ihn in die Knie zwang – musste sie freiwillig zu ihm kommen.

Die Beschäftigung mit der Arbeit half ihm auch, das Verlangen zu zügeln, Clint zu packen, ihn gegen die Wand zu schleudern und eine Erklärung für die miesen Machenschaften zu verlangen, die er in den letzten drei Jahren abgezogen hatte. Das konnte er auf keinen Fall durchziehen. Sie hatten in Catamount einen Plan entwickelt. Glen, der hiesige Detective, koordinierte mit den Polizeibehörden eine Reihe von Verhaftungen auf einmal, um eine Reihe von Akteuren des Schmugglernetzwerks auf unterer Ebene festzunehmen. Haydens Aufgabe bestand hauptsächlich darin, Clints Aufenthaltsort am Tag der Verhaftungen ausfindig zu machen. Die Arbeit, die die Detectives zuvor geleistet hatten, deutete darauf hin, dass Clint im Nachhinein an allen Lagerplätzen und Lieferadressen aufräumte.

Hayden hielt das Warten zwar aus, aber es fiel ihm schwer, wenn Clint schwachsinnige Kommentare über das Schmugglernetzwerk abließ und wie gefrustet er war, dass es immer wieder irgendwo auftauchte. Hayden besaß genug Verstand, um zu wissen, dass das Ausschalten einiger der Hauptakteure das Netzwerk nicht dauerhaft zum Verschwinden bringen würde, aber sie hofften, es so weit lahmzulegen, dass es für das Netzwerk schwieriger werden würde, sich neu zu formieren.

Eines frühen Morgens erhielt er den Anruf von Glen, dass die Sache ins Rollen gekommen war. Hayden vergrub sich in Berichte, um beschäftigt zu bleiben. Clint lehnte sich schon an seine Tür, nicht lange nachdem er im Büro aufgetaucht war.

„Ich bin auf dem Weg, um einer Beschwerde von einer der Farmen im Westen der Stadt nachzugehen. Ich werde ...“

Clint wurde unterbrochen, als sich die Bürotür öffnete. Er drehte sich von Hayden weg. Hayden stand auf und warf einen Blick in den Empfangsbereich. Sein Herz schlug ihm bis zum Hals, als Shana durch den Eingang trat. Sie erstarrte, als sie ihn sah. Er spürte, wie sein Herz gegen seine Rippen pochte. Die Wirkung, die sie auf ihn hatte, war eine heftige Mischung aus Gefühlen und schierem körperlichen Verlangen.

Clint sah Shana an. „Kann ich Ihnen helfen?“

Shana räusperte sich. „Ich hatte gehofft, Hayden hier anzutreffen."

Clint warf einen Blick von Shana in Haydens Büro. „Hast du Zeit für einen Besuch?", fragte er. Clint wirkte abgelenkt, was praktisch war, denn er schien die Spannung, die von Hayden auf Shana ausging, nicht zu bemerken. Hayden musste all seine Kraft aufbieten, um nicht zu ihr zu gehen, sie in seine Arme zu nehmen und seine Gefühle in einem Kuss zum Ausdruck zu bringen. Er unterdrückte sein Verlangen, hielt seinen Gesichtsausdruck neutral und nickte Clint zu. „Klar. Komm doch rein", antwortete er und winkte Shana zu sich.

Sie ging auf ihn zu, ihr gelbbraunes Haar fiel ihr locker um die Schultern. Sie betrat sein Büro und schloss vorsichtig die Tür hinter sich. Ohne ein Wort zu sagen, trat sie vor ihn und blieb nur wenige Zentimeter vor ihm stehen. Das Verlangen, sie zu berühren, war so stark, dass er es kaum unterdrücken konnte.

Ihre Augen, silbrig und rauchig, trafen seine. „Hey", begann sie leise.

„Hey." Sein Puls pochte und die Sehnsucht durchflutete ihn in Wellen.

Bevor er ein weiteres Wort sagen konnte, hörte er, wie die Tür im Empfangsbereich gegen die Wand schlug. Angst gesellte sich zu dem Aufeinanderprallen der Gefühle in ihm. Am liebsten hätte er Shana in seine Arme genommen und sie weggetragen. Aber er konnte nicht. Nicht jetzt. Ihr Blick schweifte von ihm zur Tür.

„Alles in Ordnung?", fragte sie mit leiser Stimme.

Er zuckte mit den Schultern. „Lass mich doch mal nachsehen, was da los ist, in Ordnung?"

Auf ihr kurzes Nicken hin trat er um sie herum und öffnete seine Bürotür. Ein Mann, den Hayden noch nie gesehen hatte, stand im Wartebereich. Er wusste sofort, dass der Mann ein Shifter war – er hatte das Gefühl, als würde der Kerl sich gleich wandeln. Energie strahlte von ihm ab.

Clint warf einen Blick in Haydens Richtung, bevor er sich wieder dem Mann zuwandte. „Warum kommen Sie nicht in mein Büro? Dort können wir reden", sprach er mit leiser, beruhigender Stimme.

Der Mann zuckte mit den Schultern und folgte Clint in sein Büro. Hayden drehte sich wieder zu Shana um. Er entfernte sich wieder von der Tür und sprach nur noch im Flüsterton: „Du hast ja keine Vorstellung davon, wie sehr ich hier raus will und irgendwo mit dir allein sein möchte. Aber nein, es ist nicht alles in Ordnung. Die Polizei ist mitten in einer Razzia. Ich soll meinem Boss überall hin folgen, ohne dass er was davon mitbekommt. Ich weiß ja nicht, wer da gerade bei ihm aufgetaucht ist, aber ich habe ein ganz mieses Gefühl."

Er schloss seine Hände um ihre Arme und zog sie an sich, weil er nicht widerstehen konnte, wenigstens das für den Augenblick zu haben. Sie zog sich zurück und strich ihm mit ihrer Hand über die Wange. „Ich habe dich vermisst", flüsterte sie.

Er küsste sie auf den Mund und wollte so schnell wie möglich alles in sich aufsaugen, was er konnte. Doch sobald er laute Stimmen aus Clints Büro hörte, zog er sich zurück. Shanas Augen waren hell und sahen sorgenvoll drein.

„Mach dir keine Sorgen um mich. Ich weiß, dass du das jetzt tun musst. Was kann ich tun, um zu helfen?"

„Shana, ich weiß, dass du auf dich selbst aufpassen kannst, aber ich möchte nicht, dass du in die Nähe dieser Sache kommst. Ich gebe dir meine Adresse. Warte dort auf mich." Er nahm seine

Schlüssel vom Schreibtisch und drückte sie ihr in die Hand.

Er wollte ihr gerade die Adresse geben, als die Tür zu Clints Büro aufflog. Der Mann, der vorbeigekommen war, wandelte sich und wandte sich wieder Clint zu. Mit einem lauten Brüllen stürzte er sich auf Clint, der sich daraufhin ebenfalls wandelte. Als der unbekannte Wandler sich abwandte, ließ er seine goldenen Augen über Shana und Hayden gleiten, die an seiner Bürotür standen. Dann bewegte er sich in ihre Richtung und Hayden konnte seinen Löwen nicht mehr zurückhalten. In dem Augenblick, als die beiden Männer sich gewandelt hatten, hatte sein Löwe unter seiner Haut geknurrt und danach verlangt, freigelassen zu werden. Er stürmte in den Wartebereich, mit aufgestellten Nackenhaaren und brodelnd vor Wut. Shana blickte zwischen ihnen hin und her. Blitzschnell wandelte sie sich ebenfalls und bewegte sich schnell an Haydens Seite. Der unbekannte Shifter knurrte in seine Richtung. Shana stürzte mit einem Knurren zwischen die beiden und erwischte den anderen Shifter an der Kehle.

Die Zeit verschwamm, als sich die Ereignisse schlagartig zuspitzten. Clint und sein Partner verschwanden durch die Fenster auf der Rückseite des Büros, Hayden und Shana folgten ihnen. Haydens menschlicher Verstand blieb auch in seiner Löwengestalt wach und ihm kam unweigerlich in den Sinn, dass die Bürofenster seit dem Aufkeimen des Schmugglernetzwerks mehr als nur einmal zu Bruch gegangen waren. Verbittert dachte er an das, was er inzwischen wusste – die Shifter, die scheinbar zufällig im Büro aufgetaucht waren, waren angesichts Clints Rolle in dem Netzwerk wahrscheinlich alles andere als nur zufällig vorbeigekommen.

Hayden rief Shana leise zu, sie möge doch bitte zurückbleiben. Er wusste, dass sie es verstand, aber sie schenkte ihm keine Beachtung. In ihrer Löwengestalt war sie prächtig. Ihre Bewegungen waren geschmeidig und elegant. Sie verfolgte die beiden Löwen mit Leichtigkeit. Diese schlängelten sich in die Ausläufer des Gebirges. Hayden wusste, dass die örtliche Polizei überall in der Gegend Wachposten aufgestellt hatte. Sonst hätte er gezögert, ihnen zu folgen.

Clint und der andere Löwe kämpften sich durch die Bäume, bis sie eine Lichtung erreichten, auf der in der Nähe eine Gruppe von Jagdhütten stand. Hayden war schon einmal hier draußen gewesen und hatte die Shifter gewarnt, nachdem es Berichte über unbefugtes Betreten und Jäger außerhalb der Saison gegeben hatte. Clint blieb stehen und hielt inne. Hayden fragte sich, ob Clint wohl versuchen würde, seine Deckung aufrechtzuerhalten oder nicht. Sobald Hayden an seiner Seite war, hatte er seine Antwort. Clint knurrte und stürzte sich auf ihn. Hayden wich zurück. Er hatte keine Lust auf einen Kampf mit Clint, aber Clint verfolgte ihn und der andere Shifter schloss sich ihm an.

Hayden hatte keine andere Wahl, als sich zu wehren. Die schwache Stimme seines menschlichen Verstandes machte sich Sorgen darüber, wo Shana war. Er hatte sie aus den Augen verloren, als Clint anfing anzugreifen. Hayden erlitt mehrere tiefe Kratzer, aber er konnte es vermeiden, in die Enge getrieben zu werden, obwohl er in der Unterzahl war.

In dem Wirrwarr aus Krallen und Fell hörte er plötzlich ein lautes Brüllen. Shana stürzte sich auf Clints Rücken und versenkte ihre Zähne in seinem Nacken. Sie begrub ihn unter sich und packte ihn mit ihrem unnachgiebigen Griff an der Kehle. Dadurch gab sie Hayden Zeit, den anderen Shifter zurückzuschlagen. Tief im Kampf mit den beiden hörte Hayden nicht, wie sich die Polizei näherte. Er hörte das Pfeifen der Pfeile durch die Luft, bevor sie einschlugen. Er wich sofort zurück, weil er Angst hatte, dass Shana einen Pfeil abbekommen würde. Also jagte er auf sie zu. Sie hatte Clint losgelassen, hatte sich aber weiterhin über ihm aufgebaut.

Hayden zuckte zusammen, als sich der winzige Pfeil in ihre Haut bohrte. Sie schwankte und sackte zu Boden. Er musste seine ganze Menschlichkeit aufbieten, um seinen Unmut nicht herauszubrüllen. Er wusste, dass die Polizisten, die vor Ort waren, Shiftern gegenüber freundlich gesinnt waren und dass einige von ihnen selbst Shifter waren, aber es würde ihm nichts nützen, einen Aufstand wegen etwas zu veranstalten, von dem er wusste, dass es ein Versehen war. Für alle Anwesenden außer ihm war sie eine unbekannte Shifterin. Da lag es nahe, dass sie den sichersten Weg wählten und sie betäubten. Im Durcheinander der folgenden Augenblicke verwandelte sich Hayden wieder in einen Menschen.

Glen warf ihm ein paar Klamotten zu. Shana und die anderen Shifter hatten ihre menschliche Gestalt wieder angenommen, sobald sie zusammengebrochen waren. Hayden kniete an ihrer Seite.

Glen kam auf ihn zu und reichte ihm eine Decke. „Wir haben ja nicht gewusst, dass sie auf unserer Seite steht. Das tut uns wirklich leid.“

Hayden nickte heftig, während er die Decke vorsichtig um Shana schlang und sie in seine Arme hob. „Ja. Ihr konntet ja nicht wissen, wer sie ist. Sie ist heute im Büro aufgetaucht, kurz bevor ...“ Er hielt inne und deutete auf den anderen Kerl.

Glen nickte. „Dwight Weber. Er ist ein mittelschwerer Dealer. Soweit wir das beurteilen können, ist er ausgerastet, nachdem wir drei seiner Leute verhaftet hatten. Clint denkt vielleicht, dass er seine Spuren gut verwischt hat, aber nach unseren Gesprächen heute sind die Leute ziemlich sauer, weil er sich so sehr von der Drecksarbeit fernhält. Zu viel Belohnung bei zu wenig Risiko." Glen hielt inne und blickte zu Shana. „Wie wäre es, wenn ich euch zurück in dein Büro fahre? Wenn du möchtest, können wir bei Warner vorbeifahren, um sie untersuchen zu lassen."

Warner war einer der wenigen Ärzte in der Gegend, der gleichzeitig auch ein Shifter war. Der Versuch, einem anderen Arzt zu erklären, warum Shana mit einem Beruhigungsmittel für Tiere betäubt worden war, wäre äußerst verwirrend und würde bloß unerwünschtes Misstrauen wecken.

„Das wäre klasse." Hayden hob Shana in seine Arme und folgte Glen zu seinem Auto.

KAPITEL FÜNFZEHN

Shana wurde nur langsam wach. Sie drehte ihren Kopf auf die Seite und sah aus dem Fenster. Die Sonne ging über den Bergen unter und ihre Strahlen tauchten den Raum in ein sanftes Licht. Sie drehte sich auf die andere Seite und stellte fest, dass sie auf einer Couch lag, eingewickelt in eine weiche, seidige Decke. Ihr Verstand fühlte sich ganz benebelt an. Sie streckte sich und versuchte, sich daran zu erinnern, wie sie hierhergekommen war. Sie wusste, dass sie in Haydens Haus sein musste, denn wo hätte sie sonst sein sollen? Sie erinnerte sich nur daran, wie sie durch die Bäume gerannt war und an die anschließende Auseinandersetzung. Sie dachte an den Geschmack von Eisen in ihrem Mund, als sie dem Shifter in den Nacken gebissen hatte, aber da hörte ihre Erinnerung auch schon auf. Sie schob die Decke zurück und setzte sich auf. Ihr Körper schmerzte, aber sie fühlte sich ganz gut.

Dann streckte sie sich und stand auf. Als sie an sich herunterschaute, stellte sie fest, dass sie eines von Haydens Hemden anhatte. Es reichte ihr bis zu den

Knien und der Flanellstoff schmiegte sich weich an ihre Haut. Sie krempelte die Ärmel hoch und nahm den Raum in Augenschein. Es war ein spärlich eingerichtetes Wohnzimmer mit einer Couch und zwei Stühlen. Die Einrichtung war zwar einfach, aber die Kissen waren hochwertig und in einem sanften Salbeigrün gehalten. An den Wänden hingen malerische Schwarzweißfotos. Sie hörte das Geräusch von fließendem Wasser, folgte ihm und fand Hayden in der Küche. Er stand an der Spüle und wusch gerade das Geschirr ab.

„Hey."

Er drehte sich um, als sie ihn ansprach. „Shana! Du solltest dich doch erholen." Er wischte sich die Hände an einem Geschirrtuch ab und warf es auf den Tresen hinter sich, während er in ihre Richtung ging.

Als er sie erreichte, ließ er seine Handflächen über ihre Arme gleiten, seine Berührung war warm und stark. Sie strich sich das zerzauste Haar aus den Augen. Er versuchte, sie in Richtung des Wohnzimmers zu drehen, aber sie rührte sich nicht von der Stelle. „Mir geht's gut. Ich muss mich nicht erholen. Ich bin bloß ein bisschen müde, aber das ist auch schon alles. Wie bin ich eigentlich hierhergekommen?"

Sein Blick verdüsterte sich, und er neigte sein Gesicht nach unten, um ihre Lippen zu küssen. Es war nur ein kurzer Kuss, aber er ließ Shanas Puls in die Höhe schnellen und das Verlangen in ihrem Bauch aufsteigen. Er löste sich von ihr, schlang seine Hand um ihre und zog sie zum Küchentisch.

Kurze Zeit später stand Hayden auf, um Kaffee zu kochen. Shana lehnte sich in ihrem Stuhl zurück. Hayden hatte ihr einen kurzen Überblick über die Ereignisse des restlichen Nachmittags gegeben. „Glen lässt sich bei dir entschuldigen. Aber sie konnten ja nicht wissen, wer du warst. Der Arzt hat gesagt, dass du das Ganze einfach ausschlafen wirst. Fühlst du dich denn einigermaßen gut?"

Sie nickte. „Ziemlich gut. Ein bisschen müde, aber das ist nicht so schlimm. Was glaubst du, wie es jetzt weitergeht, wo Clint und so viele andere verhaftet worden sind?"

Hayden lehnte sich gegen den Tresen, sein Blick ruhte warm auf dem ihren. „Schwer zu sagen. Bei so vielen Leuten, die festgenommen worden sind, werden sie bestimmt tagelang Befragungen durchführen. Laut Glen würden die Angaben, die sie über Clint haben, dem hiesigen Netzwerk einen gewaltigen Dämpfer verpassen." Er hielt inne, um zwei Tassen Kaffee einzuschenken, trat an den Tisch und reichte ihr eine, bevor er sich ihr gegenüber niederließ. „Was mich betrifft, werde ich vermutlich nicht mehr allzu lange hier sein. Nachdem Clint endlich für seine Rolle zur Rechenschaft gezogen worden ist, habe ich das Gefühl, dass ich so viel erreicht habe, wie ich wollte."

Sie nahm einen Schluck Kaffee und genoss den vollen Geschmack. Sie erinnerte sich daran, dass sie vorgehabt hatte, ihm heute Morgen eine Liebeserklärung zu machen in der großen Hoffnung, dass seine Gefühle für sie stark waren. Auf dem langen Flug hierher hatte sie sich an die Erinnerung an seine Worte geklammert, obwohl sich Zweifel eingeschlichen hatten, die von der gefühlsmäßigen Leere herrührten, die sie bei Callen gespürt hatte – das Gefühl, dass sie nicht ausreichte, dass sie keinem Mann genügen könnte. Sie sah über den Tisch hinweg, als sie Haydens warmen, karamellfarbenen Blick auf sich gerichtet sah. Daraufhin erhitzte sich die Luft um sie herum. Sehnsucht durchfuhr sie. Sie atmete tief durch und zwang sich, sich zu konzentrieren und sich daran zu erinnern, dass sie sich an das halten musste, was er zu ihr gesagt hatte, bevor er Catamount verlassen hatte.

„Du hast gesagt, du würdest warten, bis ich bereit bin."

Er nickte langsam. „Das habe ich auch so gemeint." Seine Worte waren rau.

Ihr Herz war prall gefüllt, und eine unbändige Freude stieg in ihr auf. „Ich bin bereit."

Haydens Augen verdunkelten sich. Er hakte seinen Fuß im Bein des Stuhls ein, auf dem sie saß, und zog ihn näher zu sich heran. Ihre Haut errötete, Hitze durchflutete sie. Ihr Atem wurde flach, ihr Unterleib krampfte sich zusammen und pures Feuer glitt durch ihre Adern. Sie wandte sich ihm zu, als seine Handflächen auf ihren Schenkeln ruhten und seine Berührung zu einem wahren Brandzeichen wurde. Die schwielige Oberfläche seiner Haut jagte ihr einen Schauer über den Rücken, als er ihre Schenkel langsam auseinanderschob, seine Hände um ihre Hüften schlang und sie in seinen Schoß zog. Sie ließ sich rittlings auf ihm nieder und ihre Haare umspielten sein Gesicht. Seine Hände bewegten sich weiter, fuhren an ihren Seiten hinauf, streiften die Kurven ihrer Brüste, strichen ihren Nacken hinauf und wühlten in ihrem Haar.

Ein Schauer der Erregung wanderte ihre Wirbelsäule hinauf und breitete sich in ihr aus. Als er seinen Mund auf ihren brachte, erschauderte sie und wurde von den Stürmen der Gefühle und des Verlangens erfasst. Einen kurzen Augenblick lang war er ganz sanft zu ihr, bevor sie sich näher an ihn schmiegte und süße Elektrizität zwischen ihnen knisterte. Ihr Kuss wurde wild, heiß, feucht und leidenschaftlich – sein Mund verschlang den ihren. Eine seiner Hände krallte sich in ihr Haar und zog ihren Kopf zurück. Seine

Bartstoppeln kratzten über die weiche Haut ihres Halses, während seine Lippen und Zähne an ihrem Hals knabberten. Sie zerrte an seinem Shirt. Mit einer Hand griff er hinter seinen Kopf und streifte es ab. Er kümmerte sich nicht um die Knöpfe der Bluse, die sie trug, sondern riss sie auseinander und schob sie ihr von den Schultern.

Darunter war sie bis auf einen schwarzen Seidenschlüpfer nackt. Das Gefühl seines Schwanzes, hart und heiß, durch den rauen Jeansstoff war unerträglich erregend. Sie schlang ihre Beine um seine Hüften und ritt auf ihm, wobei sie mit jeder Bewegung ihrer Hüften mehr Lust verspürte. Sie war durchdrungen von der Begierde nach ihm. Ihr Atem kam in rasenden Stößen.

„Shana.“

Die heisere, raue Schärfe seiner Stimme ließ ihre Haut erbeben. Sie riss die Augen auf und sah, dass er sie bereits erwartete – heiß und dunkel. Ihr Inneres pulsierte vor heißem, flüssigem Verlangen. Da strich seine Hand über ihren Rücken. Hitze kribbelte in ihr, ihr Innerstes zog sich zusammen. Sie konnte gar nicht nah genug an die harten Flächen seines Körpers herankommen, jeder Zentimeter seines Körpers war reiner, straffer Muskel. Jedes Mal, wenn er seine Hüften in ihre wölbte und gegen ihr Inneres stieß, wuchs ihre Lust.

Sie brauchte ihn in sich. Und zwar auf der Stelle. Sie zwang sich, seine Jeans aufzureißen, schob sie beiseite und befreite seine Erektion. Mit einer Hand umschloss sie ihn und strich schnell auf und ab, bevor sie aufstand. Er legte seine Hand auf ihre Hüfte und hielt sie mit seinem unnachgiebigen Griff fest. Dabei strich er mit einem Finger über ihre feuchte Seide. Ihr Atem stockte und ein Wimmern entrang sich ihrer

Kehle. O Gott! Sie musste ihn einfach in sich spüren, ihm so nah wie möglich sein. Da schob er die Seide beiseite und tauchte in ihre feuchte Mitte ein.

„Hayden ..."

Sein Name kam in einem unterbrochenen Stöhnen heraus. Sein Blick brannte sich in sie ein. Er schob seinen Schwanz in ihre Falten und hielt still – die Lust schärfte in diesem heißen Augenblick ihre Krallen. Dann drang er mit einem schnellen Stoß in sie ein. Sie wölbte sich zurück und ließ sich auf ihn niedersinken. Sie begann, auf ihm zu reiten, fuhr an ihm auf und ab, während sich ihr Kanal zusammenzog und pulsierte. Der Druck in ihrem Inneren wirbelte wie ein Sturm und peitschte über sie hinweg.

Er folgte ihren Bewegungen, sein Körper war ganz angespannt, als er sich ihren Hüften näherte. Sie war völlig überwältigt von ihren Gefühlen und ritt auf der Flut, bis ihr Höhepunkt sie überrollte. Er folgte ihr dicht auf den Fersen. Ihr Kanal pochte um ihn herum, als er ihren Namen herausschrie und sein Kopf mit dem Schwung seines Atems nach hinten und dann nach vorne schnellte. Lust durchzuckte jede Zelle ihres Körpers, bevor der Sturm der Gefühle abebbte. Ihr Kopf sank in die Beuge seiner Schulter. Seine Hand strich wild durch ihr Haar.

Einige Zeit später hatten sie sich voneinander gelöst, geduscht und eine Fertigpizza verspeist. Shana stand in der Küche und trug ein weiteres von Haydens Hemden. Sie nippte an einem Glas Wein. Er schloss den Geschirrspüler und drehte sich zu ihr um. Daraufhin trat sie näher an ihn heran und bettete ihren Kopf an seine Brust.

„Wir haben gar nicht wirklich geredet", stellte sie mit gedämpften Worten fest.

Er gluckste und legte seine Arme um sie. Es fühlte

sich so gut an, von ihm umarmt zu werden, dass ihr die Tränen die Kehle zuschnürten.

„Nein, nein, das haben wir nicht. Ich habe alles gesagt, was ich zu sagen hatte, als ich Catamount verlassen habe. Wolltest du denn noch etwas sagen?"

Sie nickte und hob ihren Kopf. „Ich liebe dich. Es tut mir leid, dass ich so ... ich weiß auch nicht, durcheinander war. Ich habe einfach ein bisschen Zeit gebraucht, um alles zu klären."

Sein Blick hielt sie fest, sicher und unerschütterlich. „Sobald ich mir darüber im Klaren war, was ich fühle, hättest du es als Erste erfahren müssen. Aber ich wollte dich nicht unter Druck setzen."

„Das ist es ja gerade. Du hast mich nicht unter Druck gesetzt. Ich habe nur ..."

Er schüttelte den Kopf. „Du musst mir gar nichts erklären. Ich bin nur froh, dass du mich nicht länger hast warten lassen." Dann neigte er seinen Kopf nach unten und küsste sie. „Ich liebe dich."

„Ich liebe dich ...", flüsterte sie gegen seine Lippen. Schließlich lehnte sie ihren Kopf an seine Brust und genoss den Klang seines Herzschlags.

KAPITEL SECHZEHN

Hayden warf einen letzten Blick durch sein Büro. Es war schon über einen Monat her, dass Clint verhaftet worden war. Hayden hatte Clints Job angeboten bekommen, aber er hatte die Behörde bewogen, einer Versetzung nach Maine zuzustimmen. Er würde den Posten des Regionalleiters in Maine übernehmen, in einer Stadt in der Nähe von Catamount. Das Schmugglernetzwerk in Bozeman war zwar nicht völlig ausgelöscht, aber es hatte einen schweren Schlag erlitten. Auch wenn Hayden gerne geglaubt hätte, dass es gänzlich verschwunden wäre, glaubte er, dass alles schon bald darauf hinauslaufen würde. Glen versprach, ihn auf dem Laufenden zu halten, wenn es irgendwelche wichtigen Entwicklungen gab. Bisher war Clint stur und weigerte sich, mitzuspielen. Hayden vermutete, dass Clint damit zu kämpfen hatte, seinen Machtverlust hinzunehmen – und zwar in seinen beiden Leben.

Er schaltete das Licht aus und verließ den Raum mit einer kleinen Kiste, die seine persönlichen Gegenstände enthielt. Dieses Kapitel seines Lebens war nun zu Ende. Die Vorfreude pochte in ihm, als er wegfuhr. Shana war vor drei Wochen nach Catamount zurückgekehrt. Sie hatte zu ihrer Arbeit zurückmüssen. Den Rest seiner Zeit hier hatte er damit verbracht, seinen Umzug vorzubereiten. Obwohl er schon seit Jahren hier gelebt hatte, war es relativ einfach gewesen, mit seinem Leben abzuschließen. Er hatte hier nie Wurzeln geschlagen. Schnell hatte er einen Mieter gefunden, der den Mietvertrag für sein Haus übernommen hatte. Nachdem seine neue Arbeitsstelle bestätigt worden war, blieb er nur so lange, bis sein Nachfolger eingestellt worden war.

Ein Gefühl der Sehnsucht trieb ihn an. Er vermisste Shana, wenn sie nicht in der Nähe war und konnte es kaum erwarten, wieder an ihrer Seite zu sein. Als er am Flughafen ankam, wartete er ungeduldig auf seinen Flug.

———

Shana stand in der Küche des Gästehauses. Der Duft von Zwiebeln und Knoblauch durchzog den Raum. Sie hatte in letzter Zeit wie verrückt gekocht. Das war das Ventil für ihre rastlose Energie, während sie auf Haydens Rückkehr nach Catamount wartete. Er hatte ihr gestern Abend noch berichtet, dass er glaubte, dass er in einer Woche alles unter Dach und Fach haben würde. Obwohl sie jeden Morgen und jeden Abend miteinander sprachen, vermisste sie ihn so sehr, dass es wehtat.

Sie stand mit dem Rücken zur Tür, als sie den Brokkoli in die Pfanne warf und eine Mischung aus braunem Zucker, Sojasauce und Ingwer einrührte. Gerade als sie nach dem Pfannenwender griff, hörte sie, wie die Tür geöffnet wurde. Sie vermutete, dass es Dane oder Chloe war und rief einen Gruß.

Als sie keine Antwort bekam, warf sie einen Blick über die Schulter und sah Hayden, der mit einer Tasche über der Schulter durch den Raum schritt. Unbändige Freude durchfuhr sie. Sie wirbelte herum und rannte zu ihm. Er ließ seine Tasche fallen, nahm sie in die Arme und schwang sie herum. Sie überhäufte sein Gesicht mit Küssen. Als sie sich zurückzog, kullerte eine Träne über ihre Wimpern. Er wischte sie mit seinem Daumen weg und seine eigenen Augen schimmerten vor Rührung.

„Habe ich es tatsächlich geschafft, dich zu überraschen?", fragte er lachend.

Sie nickte. „Du hast mich fest im Glauben gelassen, dass du frühestens nächste Woche hier sein würdest!"

Sein Lächeln drang tief in ihr Herz ein und hielt sie fest. Dann strich er ihr die Haare aus dem Gesicht und schob ihr eine lose Strähne hinters Ohr. Seine Berührung jagte ihr einen Schauer über den Rücken. „Ich bin so schnell gekommen, wie ich konnte", stieß er heiser hervor. Er drückte ihr einen leidenschaftlichen Kuss auf den Mund, bevor er sich schwer atmend zurückzog. „Es ist so schön, dich zu sehen."

Wärme breitete sich in ihr aus. Dabei lächelte sie durch ihren verschwommenen Blick. „Dich auch."

Shana schlenderte durch den Stadtpark in Richtung Roxannes Country Store. Die Luft duftete nach Leben – der Frühling hatte endlich Einzug in Catamount gehalten. Die kahlen Äste der Bäume, die sich über die Grünfläche wölbten, trugen langsam Blätter, das Gras war grün und die Blumen sprossen in Hülle und Fülle. Die immer frühen Narzissen leuchteten in einem fröhlichen Gelb, als sie an einem Beet am Rande der Grünanlage vorbeikam. Roxannes Blumenkästen schmückten jedes Schaufenster des Ladens, sodass es ein wahrer Farbenrausch war. Shana schob sich durch die Tür und steuerte direkt auf die Feinkosttheke im hinteren Bereich zu.

Die Tische waren nur zum Teil besetzt, da es bereits Vormittag war. Wenn es eine Flaute für den Laden gab, dann war diese gerade jetzt. Roxanne stand mit dem Rücken zur Theke da, während sie die Brote im Backofen wendete. Shana hämmerte gegen die kleine Glocke auf dem Tresen, nur um Roxanne zu ärgern. Diese warf einen Blick über ihre Schulter und verdrehte die Augen, als sie Shana sah.

„Du weißt aber schon, dass die Glocke dafür da ist, wenn ich draußen bin, oder? Wenn ich nur einen Meter entfernt stehe, kannst du ruhig meinen Namen sagen", schlug sie lachend vor.

Shana zuckte mit den Schultern. „Ich weiß. Aber manchmal kann ich mir nicht helfen."

Roxanne machte den Ofen zu und drehte sich um. „Deine vorläufige Genehmigung läuft bald ab."

„Meine vorläufige Genehmigung?"

„Die Genehmigung, mir auf die Nerven zu gehen. Es ist so schön, dich wieder glücklich zu sehen, dass du für eine kurze Zeit diese Genehmigung bekommst. Danach werfe ich wieder den Ofenhandschuh nach dir."

Shana grinste. „Alles klar. Kann ich einen Kaffee bekommen?"

„Natürlich! Normal oder Espresso?"

Shana überlegte einen Augenblick lang. „Espresso. Ich muss bald zu einer Spätschicht ins Krankenhaus."

Roxanne bereitete ihr schnell einen Espresso zu und reichte ihn ihr. Nachdem sie bezahlt hatte, blieb sie am Tresen stehen, denn es warteten keine anderen Kunden. Nach ein paar Minuten lockerer Unterhaltung wurde Roxannes Blick abschätzend.

„Wie läuft es denn nun mit Hayden?"

Shana konnte nicht verhindern, dass sie rot wurde, nicht, weil ihr das peinlich war, sondern weil der Gedanke an Hayden sie mit Hitze durchflutete.

„Gut, wirklich gut."

Roxanne lächelte sanft. „Du hast dir ein kleines Stückchen Glück verdient. Er kommt fast jeden Morgen auf dem Weg zur Arbeit hier vorbei, wusstest du das?"

„Er liebt deinen Kaffee und behauptet, er ist ganz süchtig nach deinen Schinken-Käse-Teilchen."

„Das ist wirklich nett, aber ich habe ihn jetzt oft genug gesehen, um mit Sicherheit zu wissen, dass er ein guter Kerl ist", stellte Roxanne klar.

Shana kaute auf ihrer Lippe. „Ich weiß. Ich habe mich immer noch nicht ganz an die Tatsache gewöhnt, dass er hier ist und mit mir zusammen ist."

„Dachte ich mir. Gewöhn dich lieber schon mal daran, denn der Mann ist vollkommen verrückt nach dir."

Shanas Röte vertiefte sich. „Tatsächlich?"

Roxanne verdrehte die Augen. „Als ob du mich dazu bräuchtest, um das zu wissen. Ja, im Ernst." Ihr Blick wurde nüchterner. „Das letzte Jahr war einfach beschissen für dich. Vor allem, wenn du es auf die letzten Jahre mit Callen beziehst. Du verdienst einfach jemanden wie Hayden." Dann hielt sie inne und ließ ihren Blick über Shana schweifen.

Shana folgte ihrem Blick und sah, wie Hayden auf sie zukam. Ihr stockte der Atem. Er sah so verdammt gut aus mit seinen karamellfarbenen Augen und seinem schlanken, kräftigen Körper. Als er näherkam, konnte sie die Hitze seines Blickes schon von der anderen Seite des Raumes spüren. Er schritt auf sie zu, fuhr ihr sanft mit einer Hand durchs Haar und küsste sie. Der Kuss war nur kurz, aber er ließ flüssige Hitze in ihr Innerstes strömen und brachte ihren Bauch zum Flattern. Schließlich löste er sich von ihr und knabberte dabei an ihrer Unterlippe.

„Hey", flüsterte er mit tiefer Stimme und nur für sie.

„Hey." Ihr Puls pochte und sie versuchte, sich zusammenzureißen, da sie sich an einem ziemlich öffentlichen Ort befanden.

Roxanne räusperte sich. Shana riss ihren Blick von Hayden los und blickte zu Roxanne.

„Übertreibt es nicht, ihr zwei. Das ist ein familienfreundliches Lokal", meinte Roxanne und schüttelte den Kopf. Dann sah sie Hayden in die Augen. „Bist du nicht normalerweise um diese Zeit bei der Arbeit?"

Hayden nickte, löste sich von Shana und schob seine Hand um ihre Hüften, wobei seine Finger untätig über die Haut unter ihrem T-Shirt streichelten. „Ich arbeite doch gerade. Ich bin auf dem Weg, um mir eine neue Lachszuchtanlage in der Nähe anzusehen." Sein Mund verzog sich zu einem schiefen Grinsen. „Diese Art von Arbeit ist mir lieber, als Schmuggler in Naturschutzgebieten zu jagen."

„Darauf wette ich", erwiderte Roxanne. „Was darf es denn für dich sein?"

„Nur Kaffee. Ich habe keine Zeit etwas zu essen, aber ein Muntermacher wäre perfekt."

Roxanne bediente ihn schnell. Es kamen noch ein paar andere Kunden, also begleitete Shana Hayden nach draußen. Sein Truck war direkt hinter ihrem

Auto auf der anderen Seite der Grünanlage geparkt. Seine Hand blieb um ihre Taille geschlungen und sein Daumen trieb sie mit sanften Streicheleinheiten knapp über dem Bund ihrer Jeans fast in den Wahnsinn. Als sie seinen Wagen erreichten, stellte er seinen Kaffee auf dem Dach ab, lehnte sich gegen den Wagen und zog sie in seine Arme.

„Wann kommst du heute Abend nach Hause?", fragte er und sein warmer Blick jagte ihr heiße Schauer über den Rücken. Ein Eichelhäher flog hinter ihm her, landete neben seinem Kaffee und beäugte ihn neugierig.

„Gegen acht."

Sie liebte es, dass sie nicht mehr in ein leeres Haus zurückkehrte, sondern in die warme, sinnliche Gegenwart von Hayden. Im Augenblick wohnten sie noch in dem Gästehaus auf dem Grundstück von Dane und Chloe, aber Hayden hatte schon damit begonnen, ein eigenes Haus zu suchen. Sie wusste zwar, dass Dane ihr das Gästehaus wahrscheinlich überlassen würde, wenn sie ihn darum bat, aber ihr gefiel der Gedanke, an einem eigenen Ort noch einmal ganz von vorne anzufangen.

Hayden nickte. „In diesem Fall nehme ich Noahs Angebot an, mit ihm angeln zu gehen."

Der Eichelhäher wurde frech und stupste Haydens Kaffeebecher mit seinem Schnabel an. Shana hob ihr Kinn in seine Richtung. „Du solltest vielleicht deinen Kaffee beschützen."

Hayden drehte sich um und schnappte sich den Becher. Der Eichelhäher erhob sich bloß und ließ sich ein Stück weiter weg wieder nieder. Haydens Augen trafen wieder auf ihre. „Ich muss los." Dann beugte er sich vor und küsste ihre Lippen, dass es ihr den Atem raubte und ihren Puls in die Höhe trieb. Nachdem er sich von ihr gelöst hatte, sank seine Stirn auf die ihre. „Ich würde lieber den ganzen Tag bei dir bleiben."

In ihr kochten die Gefühle hoch und ihre Kehle schnürte sich zu. So begehrt zu sein, würde sie niemals als selbstverständlich ansehen. Sie streckte ihre Hand aus und strich ihm eine lose Haarsträhne aus der Stirn. „Ich auch."

Im folgenden Frühjahr kam Shana eines Abends früh nach Hause. Die Sonne ging gerade unter und zog rosa und lavendelfarbene Schlieren über den Himmel. Sie lief den gepflasterten Weg entlang, der zu dem Haus führte, das sie mit Hayden teilte. Vor ein paar Monaten hatten sie sich endlich für dieses Haus entschieden und es gekauft. Es lag in der Nähe des Hauses ihrer Kindheit und war ein altes Bauernhaus aus Stein, das von seinen Vorbesitzern komplett renoviert worden war. Das Haus verfügte über einen neuen Ofen, neue Geräte, eine neue Isolierung und ein neues Dach, obwohl es von außen seinen einzigartigen Charme behalten hatte.

Sie trat durch die Tür und ein leises Glücksgefühl überkam sie, als sie sich umsah. Die gesamte untere Etage war offen und luftig und das Licht strömte durch die hohen Fenster. Sie stellte ihre Tasche ab und räumte die Einkäufe weg, bevor sie dem Geräusch von Stimmen auf die Terrasse folgte. Als sie nach draußen ging, fand sie Hayden und Dane vor, die im Gewächshaus arbeiteten, während Chloe auf der Terrasse saß und ihr neugeborenes Baby, Dane Junior, neben ihr in seiner Babyschale schlief.

Chloe drehte sich mit einem Lächeln zu ihr um. „Hey, du! Hayden hat schon gedacht, dass du bald nach Hause kommen würdest. Die beiden haben heute das Gewächshaus fertiggestellt.“

Shana warf einen Blick zur Ecke des Gartens und sah, dass ihr ersehntes Gewächshaus fast fertig war. Hayden hatte vor ein paar Wochen einen Entwurf angefertigt und den Großteil der Arbeit selbst erledigt. Er hatte Dane überredet, ihm diese Woche mit dem Dach zu helfen. Shana begab sich zu dem Stuhl neben Chloe und nahm behutsam Platz.

Chloe grinste. „Ich wette, bei dir dauert es auch nicht mehr lange!“

Shana gluckste. „Das kannst du laut sagen. Wenn ich mich hinlege, fühle ich mich wie ein gestrandeter Wal und zu gehen ist viel anstrengender, als ich mir je vorgestellt habe.“

Chloe nickte energisch. „Ich weiß. All diese Baby-bücher beschönigen die letzten Wochen. Wann ist es denn bei dir so weit?“

„Noch drei Wochen, was mir wie eine Ewigkeit vorkommt.“

Hayden und Dane kamen vom Hof heran. Hayden hatte kein Hemd an und seine muskulöse Brust spannte sich bei jedem Schritt an. Er betrat die Terrasse, beugte sich vor und drückte seine Lippen direkt auf ihre. Egal, wie oft er sie küsste, er raubte ihr jedes Mal den Atem. Selbst wenn sie müde, launisch und unzufrieden war, machte sich Hitze in ihr breit und ihr Bauch begann zu kribbeln. Er ließ eine Hand über ihren runden Bauch gleiten, als er sich zurückzog.

„Wie fühlst du dich heute?“, fragte er leise.

„Riesig.“

Seine Mundwinkel zogen sich nach oben. „Du siehst wunderschön aus."

Tränen stachen ihr in die Augen. Bevor Hayden in ihr Leben getreten war, hatte sie sich eingeredet, dass es ihr schon genügen würde, der öden Enge ihrer früheren Ehe zu entkommen. Hin und wieder hielt sie inne und staunte über das, was sie stattdessen bekommen hatte.

Schließlich gelang es ihr, ihren Blick von Hayden loszureißen, als der kleine Dane einen Schrei ausstieß. Einen Augenblick später waren Dane und Chloe mit dem kleinen Dane auf dem Weg nach Hause. Shana schaute sich in ihrem Garten um. Das Haus lag in den Ausläufern der Appalachian Mountains. Eine Apfelplantage befand sich gleich hinter dem Rasen und weiter hinten begann der Wald. Das Haus war im Laufe der Zeit an verschiedene Familien weitergegeben worden, aber alle hatten das ursprüngliche Grundstück erhalten. Sie besaßen über fünfzig Hektar eigenes Land und konnten darüber hinaus durch die Wildnis streifen.

Einen Monat vor dem Kauf des Hauses hatten sie geheiratet. Shana hatte keine große Zeremonie gewollt. Die hatte sie schon bei ihrer Hochzeit mit Callen gehabt, und damals hatte es sich angefühlt, als wäre alles bloß eine Show gewesen und nichts weiter. Die schlichte Zeremonie, die sie im hiesigen Amtsgericht nur mit Freunden und Familie abgehalten hatten, war dagegen goldrichtig.

Langsam versank die Sonne hinter den Bäumen im Wald und warf ihre schwachen Strahlen auf sie. Hayden streckte seine Hand aus. Sie legte ihre hinein und ließ sich von ihm langsam hochziehen. Sie hatte festgestellt, dass Hayden in der Küche ziemlich geschickt war. Er führte das darauf zurück, dass er so lange allein gelebt hatte. Schnell machte er sich daran, das Abendessen zuzubereiten, während sie sich auf der Couch ausruhte.

Einige Stunden später wachte sie auf, als Hayden sie in seine Arme nahm. „Bin ich wieder auf der Couch eingeschlafen?"

Sein Lachen klang dröhnend an ihr Ohr, wo ihr Kopf auf seiner Schulter ruhte. „Ja."

„Aber ich kann immer noch selbst ins Bett gehen."

Er hielt in der Tür inne und stupste mit seinem Ellbogen den Lichtschalter an. Als sie aufblickte, bohrte sich sein Blick in sie. „Ich weiß. Genauso wie ich dich ins Bett tragen kann."

Und dabei trafen seine Lippen die ihren.

Melden Sie sich unbedingt für meinen Newsletter an, um die neuesten Nachrichten, Leseproben und mehr zu erhalten! Klicken Sie hier, um sich anzumelden: https://jh-croix.ck.page/ee53a5ef22

Als nächstes in der Serie: **Weihnachten in Catamount**

ÜBER DEN AUTOR

USA Today-Bestsellerautorin J. H. Croix lebt mit ihrem Mann und zwei verwöhnten Hunden in einer kleinen Stadt. Croix schreibt zeitgenössische Liebesromane mit starken Frauen und Alphamännern, die sich nicht scheuen, Gefühle zu zeigen. Ihre Liebe zu schrulligen Kleinstädten und den dort lebenden Charakteren spiegelt sich in ihren Texten wider. Machen Sie einen Spaziergang auf der wilden Seite der Romantik mit ihren Bestseller-Romanen!

jhcroixauthor.com
jhcroix@jhcroix.com

facebook.com/jhcroix
instagram.com/jhcroix
bookbub.com/authors/j-h-croix

www.ingramcontent.com/pod-product-compliance
Lightning Source LLC
Chambersburg PA
CBHW071930190726
48293CB00004B/1215